# 中國語言文字研究輯刊

十 編

許錟輝 主編

第12冊

西洋傳教士資料所見近代上海方言的語音演變

姜恩枝 著

花木蘭文化出版社

國家圖書館出版品預行編目資料

西洋傳教士資料所見近代上海方言的語音演變／姜恩枝 著——
初版 —— 新北市：花木蘭文化出版社，2016〔民105〕
目 4+166 面；21×29.7 公分
（中國語言文字研究輯刊 十編：第 12 冊）
ISBN 978-986-404-543-3（精裝）
1. 漢語方言 2. 語言學 3. 上海市

802.08                                                105002069

ISBN-978-986-404-543-3

9 789864 045433

中國語言文字研究輯刊
十 編     第十二冊          ISBN：978-986-404-543-3

# 西洋傳教士資料所見近代上海方言的語音演變

作　　者　姜恩枝
主　　編　許錟輝
總 編 輯　杜潔祥
副總編輯　楊嘉樂
編　　輯　許郁翎
出　　版　花木蘭文化出版社
社　　長　高小娟
聯絡地址　235 新北市中和區中安街七二號十三樓
　　　　　電話：02-2923-1455／傳真：02-2923-1452
網　　址　http://www.huamulan.tw 信箱 hml810518@gmail.com
印　　刷　普羅文化出版廣告事業
初　　版　2016 年 3 月
全書字數　121852 字
定　　價　十編 12 冊（精裝）台幣 30,000 元

# 西洋傳教士資料所見近代上海方言的語音演變

姜恩枝 著

## 作者簡介

姜恩枝（1978 年 7 月，韓國首爾出生），女，高麗大學語言學系畢業，國立首爾大學語言學系碩士畢業、博士結業。2012 年獲得復旦大學中文系博士學位。研究領域爲漢語語言學、語言接觸。現爲國立首爾大學中文系博士後。自 2012 年起獲「Pony 鄭財團」學術支持，現已完成題爲《通過上海地區移民史觀察到的語言文化變遷模式》的研究。

## 提　要

　　本研究目的主要意義爲通過傳教士資料考察從 19 世紀中期到 20 世紀上半期的上海方言中發生的語音演變。本文借用了幾個歷史語言學概念，闡述當時上海方言語音特徵的歷史階段之間的變化過程。

　　第一章，闡述了本文研究的目的和範圍，並將前人的研究成果做了梳理。

　　第二章，按聲韻母整理出本文使用的傳教士資料的標記法。

　　第三章，針對傳教士資料作者的國籍、教育程度、所著相關漢語著作以及本文所涉及的相關資料的結構等內容做了詳細梳理。

　　第四章，重擬了各相關資料的語音系統。

　　第五章，使用關於聲韻調的典型變化實例，在音節結構方面觀察了近代上海方言的語音演變，並盡力實現解釋充分性（explanatory adequacy）。

　　最後，在附錄中對每個文獻中出現的基本詞彙做了梳理。

　　通過上述過程，本文闡明了以下幾個近代上海方言語音演變的具體特徵：一、重新劃分了近代上海方言的發展時期。二、本文確認近代上海方言裏鼻音先經歷了齶化現象，其次爲舌根音的齶化，最後爲舌尖音的齶化。三、本文觀察了最晚在 19 世紀 60 年代開始的上海話中的濁音氣流弱化現象，其中喉擦音 /ɦ/ 的弱化最爲明顯。四、本文認爲內爆音於近代時期一直零星地存在於上海方言當中，並且出現頻率不斷降低。由此推斷至少於 19 世紀之前，內爆音在上海話中系統地存在。五、當時上海方言的前後鼻音是互補分佈的變體關係。六、本文認爲在 1850 年前後 -k、-ʔ 兩個入聲韻尾仍然存在，但是之後發生了 -k 韻尾合併的現象。

# 目次

**圖表目錄**

# 第一章　引　言

## 1.1　研究目的與範圍

　　錢乃榮（2007）指出上海的歷史發展過程中，形成過兩個上海話。從 700多年以前南宋形成名為「上海」的人口聚落開始，直至明清時代屬於松江府的上海，此時的上海話稱為「老上海話」；而另一個則是從上海開埠以後隨上海城區快速發展而形成的城區「新上海話」。

　　游汝傑（2004）指出，從十九世紀後半期傳教士的松江話和上海話著作來看，當時的上海話跟松江話是很接近的。另一方面，從語言能力的角度上來看現代上海話，在上海話跟普通話之間存在著雙重語言（bilingualism）現象，而從語言的社會功能的角度上來看，上海話跟普通話之間存在雙層語言（diglossia）現象，可見上海是一個很獨特的言語社區（游汝傑，2006；姜恩枝，2011〔註1〕）。

　　我們可以說上海話的歷史源頭應該是宋元時代的松江話。這痕跡到現在還存在於上海城區四周的郊區之中。加之自 1843 年，正式開埠後，上海市區迅速

---

〔註 1〕這篇論文通過多量的問卷和面對面調查觀察到，現代上海人的語言態度和語言使用
　　　　之間存在著矛盾。這一結論與游汝傑（2006）將現代上海視為存在上海話和普通話
　　　　的雙重語言現象地區的主張一致。

擴展，移民人口急劇增長〔註2〕，這些都在語言方面引起了更多更複雜的變化。上海方言仍然受到在地理上鄰近的吳方言的影響，同時在社會、文化上受到官話（普通話）的影響。而這些影響導致了上海方言的許多變化。

通過這樣的事實，我們可以推斷近代上海方言與從外地來的人們所說的方言交融混合。直到現代，它仍受到其它方言和普通話的影響，因而具有柯因內語（koine）〔註3〕的性質。

本文將研究從 19 世紀中葉（1843 年上海開埠後）到 20 世紀上半葉上海方言中發生的語音演變。從中國歷史的角度來說，這個時期是從第一次鴉片戰爭（1840）到新中國成立（1949）為止的「近代時期」，所以本文的研究對象也稱為近代上海方言（的語音）。

本文要闡明的具體內容如下：

首先，考察近代上海方言在詞彙，語法，語音方面有什麼混合方言的特徵。

第二，本文將使用大量目前為止還從未使用過的傳教士資料，特別是羅馬字〔註4〕撰寫的資料。這些文獻將會按照時期來作整理和介紹，判斷資料的可靠性，並且構擬出他們描寫的語音系統。

第三，比較從每個文檔中出現的共同詞彙，整理聲韻系統中具體發生的變化。在對於變化的解釋方面，盡力能夠達到解釋充分性（explanatory adequacy）〔註5〕。

本文將在通過上述方法所得的結論的基礎上，討論近代時期在上海方言中所發生的語音演變。

本文在與現代上海話作比較時，除特殊情況外，將全都使用老派上海話

---

〔註2〕1852 年，上海人口為 549249 人，到 1920 年增至 3085617 人；1937 年為 3775371 年；1947 年為 4375061 人（許寶華等，1988：2）。

〔註3〕據（Siegel, 1985），柯因內語分地域型和移民型，臺灣閩語、杭州話和上海話是典型的移民型柯因內語。（游汝傑，2006：64）。

〔註4〕「羅馬字」就是「羅馬字母」，這是「拉丁字母」的另一名稱，本文都統一使用「羅馬字」。

〔註5〕《現代語言學詞典（第四版）》（戴維·克里斯特爾編、沈家煊譯，2000：134）的說法把它譯為「解釋充分性」，但有的學者指出把它翻譯成「合理性」更為恰當。

〔註6〕來進行分析對比，希望能得到更爲準確的結論。

## 1.2 研究方法

一般來說，到現在爲止研究漢語方言的語音演變有以下幾種方法：

①利用文學作品中的押韻現象

②利用文學作品中出現的方言詞彙

③分析方言志中記錄的方言資料

④分析韻圖和韻書中反映出的語音現象

⑤利用外國人以表音文字書寫的材料（教科書、研究資料和注音資料等）

本文使用其中⑤的方法，考察近代上海方言的語音演變。爲此本文參考的資料如下（游汝傑，2003：122-191）。

[1] Summers, James. Gospel of Saint John in the Chinese language, according to the Dialect of Shanghai, expressed in the Roman Alphabetic Character. With an explanatory Introduction and Vocabulary, London: W. M. Watts. 1853.

[2] Edkins, Joseph. A Grammar of Colloquial Chinese as exhibited in the Shanghai Dialect. Shanghai: Presbyterian Mission Press. 1853

[3] Macgowan, John. A Collection of Phrases in the Shanghai dialect. Systematically Arranged, Shanghai: Presbyterian Mission Press. 1862

[4] Edkins, Joseph. A Vocabulary of the Shanghai dialect. Shanghai: Presbyterian Mission press. 1869

[5] Jenkins, Benjamin. Lessons in the Shanghai Dialect from Ollendorff system 一部分（加州大學東亞圖書館收藏本）.186?

[6] Yates, Matthew. First Lessions in Chinese（revised and corrected）. Shanghai: American Presbyterian Mission press.1899

[7] Silsby, Alfred. Shanghai Syllabary arranged Phonetic Order（second edition）. Shanghai: American Presbyterian Mission press.1900

[8] Jeffery, W.H.. Hospital dialogue in Shanghai Thoobak, Shanghai:

---

〔註6〕對於這個的標準參考（許寶華，1988）、（趙元任，1928）。

American Presbyterian Mission Press. 1906

[9] Silsby, Alfred. Complete Shanghai Syllabary, Shanghai American Presbyterian Mission press. 1907.

[10] Pott, Hawks. Lessons in the Shanghai Dialect（revised edition）. Shanghai: American Presbyterian Mission press. 1920

[11] Parker, R.A. Lessons in the Shanghai Dialect in Romanized and Character with Key to Pronunciation, Shanghai: KwangHsueh Publishing House. 1923

[12] Mcintosh, Gilbert. Useful Phrases in the Shanghai Dialect with Index-Vocabulary and other helps（seventh edition）, ShanghaiPresbyterian Mission press. 1927

[13] Ho, George& Charles Foe, Shanghai dialect in 4weeks with map of Shanghai, Shanghai: Chiming Book Co.LTD.1940

[14] Bourgeois, Albert. Grammaire du Dialecte de Changhai 一部分. Imprìmerìe de T'ou-sè-wè. 1941.

編撰這 14 本的資料﹝註7﹞的目的都是爲了傳教或者供普通外國人學習上海話以便在上海生活﹝註8﹞。所以我們可以推測這些資料裏面記錄的語言應該是當

---

﹝註 7﹞其中⑦，⑧的是跟 1898 年 American Baptist Missionary Union 出版的《A First-Reader of the Kinhwa Dialect with the Mandarin in Parallel Columns》一起合訂的。這本書由 Barber Baptist Mission Press 出版。從馬可福音書（聖經新約四大福音書中的一個）的漢字和羅馬字標音內容來看，這本書標注的是當時的紹興方音，而且出版社也不一樣。這三本書爲什麼會合訂成一本，其原因尚不清楚，本文暫不考慮。

﹝註 8﹞J.Edkins,《A grammar of Colloquial Chinese as exhibited in the Shanghai Dialect》〈preface〉（1853）：There are aids for the study of the southern dialects of China, but no one has yet written on the speech of the rich and populous province of Kiang-nan. On Missionary and Commercial ground, it is time that some attempt should be made to supply this want.

Hawks Pott,《Lessons in the shanghai dialect》〈序〉（1907）：For the missionary working in the Kiangsu Province, acknowledge of the local dialect is indispensable, and the acquisition of it would be most useful for all those whose lot is cast in this part of China. Foreigners living in Shanghai would find it a great advantage to speak the native

時最頻繁使用的、比較標準的上海話。

本文使用的資料有如下優點：

第一，西洋傳教士從語音、詞彙、語法等多個角度觀察個別方言，我們可以藉此從多方面研究這一方言。由於是用表音文字記錄，所以在一百多年後的今天我們依然能推定其音值。

第二，大部分傳教士語言學素養很高，其資料往往不局限於單純記錄語音，因此擁有很高的學術價值。記錄者對於自己使用的記錄符號有詳細的說明，這樣便於我們進行比較準確的語音系統構擬。

第三，中國傳統音韻學者對於方言只有比較籠統和零散的記錄，而西洋傳教士對於個別方言則有系統的研究，因而為方言歷史語音演變的研究提供了豐富的資料。

第四，傳教士研究方言是抱著傳教、日常生活等實用目的的，所以其資料能夠準確反映當地方言土語的可能性極大。

第五，由於這些著作的內容有很多共同之處，通過不同時期的羅馬字母標記就能看出被記錄方言的語音變化，所以它們是研究方言語音演變的絕佳材料。

當然他們的資料也不是完全完整的，他們的描述也可能因為發音人（informant）、調查過程中的母語干擾、印刷中的疏忽等各種原因而產生一定的錯誤。但如上文所述，這些主要是當時為了學習上海話而撰寫的教科書和專著，而作者本身的語言學修養也很高，所以我們相信，相比較而言，他們描述中的錯誤一定會比其它文獻少很多。

在對以上介紹的資料作分析討論之前，首先將在第二章中介紹各書的前言（preface）中提出的他們所使用的標記法，並論證他們確實準確地描寫了上海方言，並說明這些材料的可靠性。

第3章，介紹本文使用的資料的著者及其漢學背景、他們所著的有關漢語的著作、以及本文所要研究的各書的目錄及內容。

第4章，參考各書中被記錄的音值和詞彙，構擬各書所見的語音系統。本

---

language, and in their business relations with the Chinese would be greatly helped if they could converse in something better than the jargon known as 「Pidgin English」

文使用了幾個歷史語言學概念，參考了 Bynon，Theodra（1977）、Jeffers，R. J. and Ilse Lehiste（1979）、Trask，R.L.（1996）。本文的目的是更準確詳細地分析闡述一個語言的內部特徵在不同歷史階段的變化過程。爲了分析傳教士描述的羅馬字拼音系統，筆者使用了「構擬」這一概念﹝註9﹞。

另外參考 Trask, R. L.（1996：23，220）的內容，在附錄中使用了基本詞彙的概念。基本詞彙﹝註10﹞是指與說話者的文化背景無關聯的、關於普遍人類經驗的詞彙群中的一部分。本來基本詞彙是在歷史語言學中用於解釋各語言的親屬關係，或在語言年代學（glottochronology）中用於推測兩種有親屬關係的語言分支時使用﹝註11﹞。比如食品、就寢、出生、死亡；頭、眼和嘴這樣的主要身體部分；火、水、太陽和月亮這樣的自然物體；人稱代詞，指示詞，否定法與大小等一般關係的概念。這樣的詞語比別的詞語有更頑強的抗變化力，所以在觀察分析作爲混合方言的上海方言的變化時，容易觀察到各時期語音體系的變化。在附錄裏整理了各類基本詞彙。筆者期望通過不容易變化的共同詞語來考察從其它方言來的借用狀況與語音演變。

最後，在第5章中，使用典型的變化例子，在音節結構方面考察近代上海方言的語音演變，以及現有的各種研究發現之間的相似性和差異性，將特別著重解釋變化方面，以達到解釋充分性（explanatory adequacy）。

---

﹝註9﹞ 本來在印歐語學使用的「構擬」方法是以各樣語言資料的同源詞（cognate）爲基礎的。構擬分爲「比較構擬」和「內部構擬」。本文將把各個資料的內容假定爲一個共時語言來考察語音系統的變化。

﹝註10﹞ There is clear evidence that certain semantic classes of words are much less likely to be borrowed than other words. These are chiefly the items of very high frequency which we would expect to find in every language: pronouns, lower numerals, kinship trems, names of body parts, simple verbs like go, be, have, want, see, eat, and die, widespread colour terms like black, white, and red simple adjectives like big, small, good, bad, and old, names of natural phenomena like sun, moon, star, fire, rain, river, snow, day, and night, grammatical words like when, here, and, if and this and a few others. Such words are often called the basic vocabulary... Trask, R. L.（1996：23）

﹝註11﹞ 語言年代學（或者詞彙統計學 glottochronology）的方法論有多爭論，但筆者認爲在本文中，基本詞彙可以視爲闡明當時上海方言的語音變化的一種工具，這是無可置疑的。

## 1.3 前人有關的研究成果

上海話的語音演變，語法，詞彙的含義等，前人已經從不同的角度，對上海方言本身進行了詳細的研究，在聲韻母和聲調方面進行了仔細的描寫。其中與本文研究相關的幾個主要核心內容如下：

首先，許寶華等（1988）的《上海市區方言志》中可以詳細地觀察到三十年前的上海話，按聲韻調分為老派、中派、新派。老派上海話為 1920 年前後出生土生土長的上海人所使用的，中派上海話為 1940 年～1965 年間出生的，新派口音的使用者一般在 35 歲以下。

趙元任（1928）是一本以一種社會語言學的調查方式調查當時吳方言的報告書。這裏也會觀察到當時上海方言的語音、詞彙、語法上的面貌。他把當時上海話分為老派〔註12〕、混合派、新派。

他說的新派的語音跟許寶華等（1988）的老派的語音大部分一致。另外，根據許寶華、湯珍珠（1988）的《上海方音的內部差異》中根據調查材料，結合趙元任（1928），可以分八個問題來說明上海方音的內部差異和它的變化。

這八個問題分別如下：

（1）f、ɦu 以及 v、ɦu 的分混

（2）尖團音的分混

（3）ɛ韻的分類

（4）ɛ、ø 兩韻的讀音

（5）uɛ、uø 的分混

（6）i、iɪ的分混

（7）yoŋ、yəŋ 的分混

（8）聲調的分類

本文以許寶華等（1988）跟趙元任（1928）《現代吳語研究》的上海話部分的「老派音」，作為與傳教士資料比較的標準。

另一方面，上海方言的內部差異和對變化的議論也值得注意。

陳忠敏（1992）指出，上海市形成的歷史人文背景則是 100 多年來市區政

〔註12〕趙元任（1956：82）說明他的報告裏所謂舊派恐怕已經是混合派。因為他的被調查人都是從 15 歲到 18 歲的青少年，所以可能已經沒有一些以前的特徵。

治、經濟地位的變化和移民因素；並用「方言地層學」理論來解釋上海市區 100 多年來從松江區脫胎出來的過程。而參照 1853 年 Edkins 的聲調記錄，趙元任 1927 年的聲調記錄，可以得到地層俯視圖：

### 圖 1-1 上海方言的層次

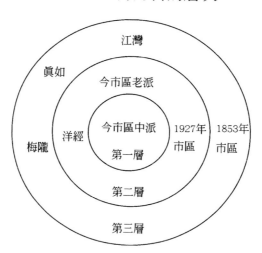

第一層脫胎於第二層，時間相差 60 年；第二層脫胎於第三層，時間相差 70 年。第一層跟第三層時間相差 130 年，也就是說市區區中派聲調系統比周圍松江區上海小區的聲調系統的發展快了 130 年的時間（陳忠敏，1992：107）。

上海的居民當中，外地人要比上海本地人多得多，上海話不可能不受到其它方言，特別是鄰近吳語地區方言的影響，因而在同其它方言平行發展的同時，形成了自己的特點和複雜的內部差異（許寶華，1988）。

許寶華、游汝傑（1984）從上海話的語音特點及與周邊吳語接近率的角度出發，主張上海話是蘇南上海地區吳語的獨立小片之一。

之後游汝傑（2004）提出，從「語言接觸」的角度重新審視的話，上海話具有典型的混合方言的性質，它與周邊的非混合吳方言不同，同時它又是中國最大的城市的方言，因此在吳語區內部的分類上，可以自成一類，在吳語內部的區劃上應該獨立成為太湖片的一小片，其地位與另一種混合型方言杭州話相當。游汝傑（2004：76）展示下面的音系混合例子表。比較了此三地吳語與第一期至第三期的上海活的異同，可以看出上海話在發展過程中所吸收的浙北和蘇南吳語成分。其中特別值得注意的是現代上海話裏增生的聲母[z]，上海話、松江話和蘇南吳語向來沒有此聲母，顯然是來自寧波話（游汝傑，2004：76、77）。

表 1-1　上海話的音系混合例子表

| 序 | 例子 | 上海一期 | 上海二期 | 上海三期 | 松江 | 蘇州 | 寧波 |
|---|---|---|---|---|---|---|---|
| 1 | 從 | dz | z | z | z | z | dz |
| 2 | 抽 | dʐ | z | ʐ | z | z | ʐ |
| 3 | 灰 | f | f／h | h | f | h | h |
| 4 | 千：牽 | ≠ | ≠ | = | ≠ | ≠ | = |
| 5 | 來：蘭 | ≠ | = | = | ≠ | = | ≠ |
| 6 | 官 | uẽ | ue | uø | ue | uø | u |
| 7 | 縣 | yõ | yø | yø | yø | iø | y |
| 8 | 半 | ẽ | e | ø | e | ø | ũ |
| 9 | 南 | e | e | ø | e | ø | ɐi |
| 10 | 血 | yœʔ | yœʔ | yəʔ | yœʔ | yəʔ | yəʔ |
| 11 | 書 | y | y | ɿ | y | ɥ | ɥ |
| 12 | 刀 | ʔd | ʔd | t | ʔd | t | t |

　　游汝傑（2004：75）指出現代上海話是一種混合型方言（mesolect），它的基礎方言（basilect）是松江話，上層方言（acrolect）是蘇南及浙北吳語，用三角模型說明的話如下〔註13〕：

圖 1-2　上海方言的混合性

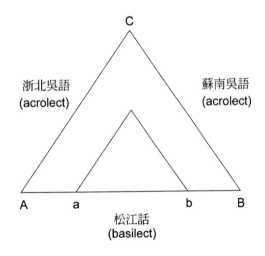

　　本來上層方言（acrolect）是在解釋說明基礎方言（basilect）、混合型方言（mesolect）等概念的混合語（creole）典型變異（typical variation）時所使用

---

〔註13〕游老師上課時，用三角模型說明。

的概念（Le Page，1980），（Romaine，1988）。

游汝傑（2004）指出上海方言是獨特的語言學連續體（linguistic continunm）。這樣的語言變化的原因是文化的變化。也就是說從歷史的角度來看，強勁的文化競爭力和強勁的經濟競爭力使以蘇州話為代表的蘇南吳語和以寧波話為代表的浙北吳語可成為兩個上層方言，它們被包含在現代上海話中〔註14〕。

另一方面，錢乃榮（2006：275）雖然同意上海方言在江浙方言移民的撞擊下發生了很多變化，但卻認為它並不是混合語性質的語言。上海方言是在松江方言位於黃浦江兩岸的分支，即「原上海方言」的基礎上發展變化而形成的。

本文將再度確認以上分類的可行性，並通過觀察迄今為止上海方言與其它方言接觸演變的過程來證明上海方言具有某種混合型方言的特徵。

另外，多數學者把上海話發展史分為 4 個歷史時期。其中代表性分類如下：

游汝傑（2004）

  第 1 期，19 世紀後半至 20 年代。

  第 2 期，老上海話：20 世紀 20 年代至 40 年代。

  第 3 期，現代上海話：20 世紀 50 年代至 80 年代。

  第 4 期，當代上海話：20 世紀 90 年代至今。

湯志祥（1995：364）

  第 1 期，19 世紀 50 年代至 20 世紀初。

  第 2 期，20 世紀初至 40 年代以前。

  第 3 期，20 世紀 40 年代至 60 年代中期。

  第 4 期，20 世紀 60 年代至今。

錢乃榮（1998：34）

  第 1 期，1850 年後

  第 2 期，1930s 前。

  第 3 期，1940～70s。

---

〔註14〕上海的外來人口雖然也有不少蘇北人，但是他們既無文化競爭力，又無經濟競爭力，加上他們所使用的江淮官話與吳差別也較大，所以蘇北官話對上海話的形成不起作用（游汝傑，2004）。

第 4 期，1980～90s

本文參考傳教士資料的語音，從 1 期到 3 期的具體時間需要進行再分類。

詹伯慧（1991）認爲方言形成有兩個原因：人口的擴散和地理的影響、語言發展的不平衡性。這是比較偏重於分化的角度來說的。上海方言內部的分化也可以借鑒這樣的分析。

另外，還有對於在上海活動的傳教士的出版物及相關機構的研究。

鄒振環（2004）指出近代上海正是基督教文字出版的中心。墨海書館、美華書館和華美書館、益智書會、上海土山灣印書館、廣學會、中華浸會書局、青年協會書局等是當時教會的主要出版機構。

胡國祥（2008）也指出從 1807 年到 1911 年中國近代傳教士出版機構和出版物的特徵和貢獻。

使用傳教士的資料來分析當時上海方言語音方面的研究如下。

游汝傑（1998）使用 Edkins（1853）、Macgowan（1862）、上海土白《馬太福音》（羅馬資本）（1895）、Mcintoshi（1906）、Pott（1907）、D. H. Davis（1910）的 Shanghai Dialect Exercises、Parker（1923）等 8 本文獻，觀察當時上海方言的塞音韻尾。他分析 19 世紀中葉上海方言裏-k 韻尾正處於演變爲-ʔ韻尾的過程中，而上海話的塞音韻尾-k 併入喉塞音韻尾-ʔ的年代是 19 世紀末至 20 世紀初。

徐奕（2010）整理關於 M. T. Yate（1893）的語音了。尤其是現代上海話中所有的白讀形式在他的著作裏都已經出現，這是其它同時代西方傳教士的語音著作所不能企及的，對研究上海方言白讀的歷史演變無疑也是極有借鑒意義的。從中可以推斷出當時 k-韻尾消失的情況。

使用傳教士的資料來分析當時上海方言的研究大部分是分析 Edkins（1853，1868）的。周同春（1988）、陳忠敏（1992）、石汝傑（1995）、錢乃榮（2003）都構擬了當時 Edkins 記述的語音。關於各個學者構擬的內容，將在第 4 章中詳細討論。

陳忠敏（2007）通過 1853 年艾約瑟《上海口語語法》記述當時，即 19 世紀中葉在上海方言中發生的陽上字的變化。然後他解釋本地的陽上變陽平和另一種來自權威方言的全濁陽上歸陽去同時發生，最終導致上海市區話陽平、陽上、陽去合併，給出了雙方向擴散的語言學解釋。

　　錢乃榮（2007）中以 Edkins 的資料爲基點描述了從 19 世紀中葉至今的聲母變化和韻母變化。從 1899 年至 2007 年，隨入聲韻的變化，可分爲 4 個分期。即，描述入聲韻的數（包含與介音相拼的入聲韻母）減少爲 18 個，13 個，9 個，5 個。

　　此外，郭紅（2009）通過介紹 Crawford 新開發的上海土音轉寫法的注音符號指出了西洋傳教士所用羅馬標記法的來源。

　　在西洋傳教士的資料中，對 Edkins 的研究已經有好幾篇論文。

　　Edkins 不僅執筆寫過對上海方言的研究著作，也寫過文獻學以及北京官話等多方面的語言學著作。

　　包括周同春（1988），游汝傑（1998），錢乃榮（2007）等多篇論文都主要針對被稱爲上海最初語法書的 Edkins 的《上海口語語法》。

　　很多學者評價 Edkins 的書非常準確，如周同春（1988：175），游汝傑（1998：108），錢乃榮（2007：51），南部まき（2005），中村雅之（2006：2）等。

　　此外，在日本學界有在社會學領域研究關於對西洋傳教士的中文教育的論文，以及將 Edkins 文獻中出現的語法事項與當時的英文語法書對照的論文，但這大部分都是關於北京語的，如南部まき（2005），中村雅之（2006），何群雄（2000）等。

　　另一方面，Ballard（1987）描述在上海方言發生的變調現象，把這解釋爲 isolation tones 的擴大；相反丁邦新（1997）解釋 Ballard（1987）中所述的同一變調爲基調。

　　本文的研究是建立在這些研究基礎之上的。本文將對收集的文獻進行仔細地分析，希望能對近代時期上海方言的語音演變提出更好的解釋。

# 第二章　傳教士資料裏的標記法考察

　　漢字是一種表意文字（logogram），所以對於外國人來說，用漢字學習漢語的語音並不是一件容易的事情。19 世紀歐美的許多傳教士進入中國各地，方言成爲融入當地社會的最有力的工具。所以他們爲了學習漢語方言，用自己的方法記錄當地的漢語。

　　眾所週知，19 世紀在中國最早的用羅馬字標音中文的資料〔註1〕是倫敦會（LMS）派遣的蘇格蘭傳教士 Robert Morrison（1782～1834）所編寫的《廣東省土話字彙》（1828）〔註2〕。鴉片戰爭後最早的用羅馬字標音中文的資料也是英國傳教士寫的〔註3〕，然後是美國傳教士的資料〔註4〕。這肯定是跟傳教士來

〔註1〕第一個採用羅馬字母來拼寫漢語的拼音方案，首推意大利來華的傳教士 Matteo Ricci（1552～1610）於明朝萬曆三十三年（1605）的方案。

〔註2〕Robert Morrison 的中文名是：《廣東省土話字彙》的英語題目是 A Vocabulary of the Canton Dialect. Miscellaneous Phrases, 副題是 SHEI-MOW-LUI, 世務類 AFFAIRS OF THE WORLD. 全書分爲三部分：第一部分爲英漢字彙，第二部分爲漢英字彙，第三部分爲成語詞組；最後附有英國文語凡例傳。

〔註3〕1843 年後，屬於倫敦會的英國傳教士大量進入上海。

〔註4〕美國傳教士和商人也開始前來上海。與英國僑民以商人爲主不同，美國僑民中傳教士的比重較高，包括 1845 年來到上海的美國聖公會、1847 年來到上海的美南浸信會、1848 年來滬的美南監理會、1850 年來滬的美北長老會等。由於傳教士的目的是向中國居民傳教，所以他們並不聚居在租界，而是分散居住在縣城內外的各個角

華的時期有關〔註5〕。本文參考的書籍大部分是基督教傳教士的著作，是因爲當時來上海市區的傳教士基本上都是基督教派來的，不是天主教耶穌會派來的。本文收集的資料大部分也是英國和美國傳教士的資料。

當時國際音標（IPA）還沒有產生或普遍使用，〔註6〕許多作者用了自己的

落，如美南浸信會的晏馬太立足於老北門外護城河邊（今人民路河南南路），美南監理會立足於不遠處的鄭家木橋（今南北橫貫今福建路），美北長老會立足於大南門外（今中華路河南南路）。

〔註5〕最早來華傳教士是英國人。在上海活動的代表傳教團體整理如下。

| 傳教團體（差會） | 國家 | 相關中國教會 | 在滬開始傳教時期 | 離滬時間 |
|---|---|---|---|---|
| 倫敦會<br>London Missionary Society | 英國 | 中華基督教會 | 1807年設廣州，1843年於滬設分會 | 1951年 |
| 美國浸禮會<br>American Baptist Mission（American Baptist Foreign Missionary Society） | 美國 | 中華基督教浸禮會 | 1836年設澳門，1847年遷滬 | 1950年 |
| 英國行教（聖公）會<br>Church Missionary Society | 英國 | 中華聖公會 | 1844年 | 1951年 |
| 美國聖公會<br>American Church Mission of the Protestant Episcopal Church | 美國 | 中華聖公會 | 1845年 | 1951年 |
| 衛理公會（監理會）<br>Methodist Church Board of Missions and Church Extension | 美國 | 中華基督教衛理公會 | 1848年 | 1952年 |
| 美國北長老會<br>American Presbyterian（North）Shanghai Mission（South State）Station | 美國 | 中華基督教會 | 1850年 | 1950年 |
| 循道公會（監理會）<br>Methodist Missions society | 英國 | 中華基督教循道公會 | 1852年 | 1950年 |
| 大英浸信會<br>Baptist Missionary Society（England） | 英國 | 中華基督教會 | 1859年 | 1952年 |
| 基督教內地會<br>China Inland Mission | 英美瑞士等 | 內地會 | 1865年設浙江，1890年遷滬 | 1951年 |

〔註6〕1886年，IPA由以法國語言學者Paul Passy爲代表的英國和法國的語文老師們完成，發表在《語音教師》上（「International Phonetic Association（in French, l'Association Phonétique Internationale」的會刊），其中出現了歷史上第一個國際音標表。它的普

標音方法來標記上海話。其中大部分是用羅馬字，而且使用英文或者法文詳細地解釋當時的音值。但至今針對傳教士所用標記法的研究不足，第 2 章首先參考本文使用的各書《前言》內容，比較他們當時記錄上海方言的標記法，並介紹這些標記法的特徵，同時嘗試根據共同特徵將這些標記法分類。

其次，根據傳教士的背景來觀察作者背景與標記法之間的關係，以此可以判斷其資料的可靠性。然後比較了各國標記法的特徵。

## 2.1　各書的標記法特徵

首先，大部分的資料在前言（preface）中都有羅馬字對應的當時上海方言語音的說明。

各書標記法和特徵的簡述如下：

① James Summers（1853）－英語拼寫法＋聲調，是使用自己創造的符號

② Joseph Edkins（1853）（1869）－Morrison 介紹的 W.Jones's System

③ John Macgowan（1862）－英語拼寫法

④ Benjamin Jenkins（186?〔註 7〕）－Cleveland Keith System

⑤ M.T.Yates（1899）－當時的 Union System

⑥ J.A.Silsby（1900）－Union System

⑦ W.H.Jefferys（1906）－J.A.Silsby 的標記法

⑧ J.A.Silsby（1907）－J.A.Silsby 的標記法

⑨ Hawks Pott（1920）－J.A.Silsby 標記法

⑩ R.A. Parker（1923）－J.A.Silsby 標記法

⑪ Gilbert Mcintosh（1927）－J.A.Silsby 標記法

⑫ Charles Ho, George Foe（1940）－J.A.Silsby 標記法＋Webster's marks（Webster 音標）

⑬ Albert Bourgeois（1941）－Lapparent's System

從 1 到 12 號一共有 13 本書是以英語的拼寫法爲基礎的，其中也不乏有

及和擴大是在 1930 年以後。

〔註 7〕因爲這是手抄本，所以無法明確地知道具體的寫作時間，著者是 1871 年去世的，所以抄本的原始版本應該是在這之前誕生的。

Crawford 這樣的學者自己創造一些新的文字，但並未被廣泛使用。

以英語拼寫法爲基礎是因爲他們的國籍是英國和美國，而且讀者也都會說英語。此外，法國傳教士 Albert Bourgeois（1941）使用了以法語拼寫法爲基礎的標音方式。這些事實可以證明他們的母語影響了記錄方式，當然也會影響到他們所記錄的語音，對於他們標記的語音受到母語干擾的問題將在第 4 章進行仔細討論。

文中作者的標記法特徵說明如下。

首先，Summers（1853）用大部分英語拼寫法來標記發音，有趣的部分是他的聲調標記是獨創的（Branner，1997：252）：陰平（ˉ），陰上（ˋ），陰去（ˊ），陰入（ˇ），陽平（^），陽上（ˊ），陽去（˝），陽入（˘）。陽上的聲調標記是偏左的線加上小點，陽去是小點加上偏右的線。〔註8〕

本文提及的 Edkins（1853）的語法書和 Edkins（1868）的詞典中都用了同樣的標記法，此標記法是 Edkins 補充並完善了 J.R Morrison 在 Chinese Repository 中所介紹的 W.Jones's System 的標記法。筆者推測 W. Jones 極可能發現了梵語、希臘語和拉丁語的相似性。（歐洲歷史語言學的開山鼻祖，語文學家（philologist）〔註9〕William Jones。）Edkins（1853：55）介紹的 Williams 和其它當時幾種官話（Mandarin）中含入聲（short tone）韻尾的韻母標記法例表如下：

### 表 2-1　幾種標記法的入聲韻標記

| Morrison & Medhurst | ă | ě | eě | eĭh ih | uě | ĭh | ŭh | ŏ |
|---|---|---|---|---|---|---|---|---|
| Premare | ă | ě | iě | ĭ | uě | ě | ŭh | ŏ |
| Williams | áh | eh | ieh | ih | ueh | eh | uh | óh |
| Edkins（1853） | áh | eh | ieh | ih | iöh | uh | úh | óh |

Williams 和 Edkins 的標記只有 ueh→iöh、eh→uh、uh→úh 的區別，大部分很相似。

Macgowan（1862）在書的前言中解釋說明了元音的發音法，但沒有介紹輔音。這是因爲他的字母符號（alphabetic symbol）中輔音符號跟英語拼寫很相似，

---

〔註8〕word 文字處理系統中找不到完全相同的符號，所以這裏只能選擇較接近的標記。

〔註9〕當時語言學還沒有發展成爲獨立的學科，所以被稱作爲「語文學」。

所以沒有特別加以說明〔註10〕。

　　Jenkins（186？）首先在漢字下面使用 Crawford（高第丕）的符號來標記音，接著使用 Cleveland Keith System 標記羅馬字發音。Crawford 的符號是《上海土音字寫法》的作者 Tarleton Perry Crawford（1821～1902）所使用的拼音系統。他是美南浸信會的著名傳教士，1852 至 1863 年在上海傳教十餘年間，有數本上海方言類書籍問世。他認爲漢字的數量過大，形式也過於複雜，不利於老百姓識認。且不論他的理論是否符合邏輯，高第丕試圖創造一種更容易爲中國人所接受的書寫格式，從漢字「門」的字形中得到了啓發。

　　在此，本文將以郭紅（2009）的研究內容爲基礎，介紹 Crawford 標記法中使用的字形的原理。在 Crawford 的標記法中，從字形上而言，所有的「韻母」、「音韻」的基本筆畫被分「橫」與「豎」兩種。Crawford 把傳統音韻學中的聲母稱作「韻母」，還把韻母稱爲「音韻」。我們無法確知 Crawford 爲何要這樣稱呼，而不使用傳統聲韻學方面的術語。

　　Crawford 將屬於聲母（「韻母」）的文字，以「豎畫」爲基準創造了總共 40 個文字。如：⌐（鴿）、⌐（拂）、⊣（答）。另外，Crawford 將屬於韻母（「音韻」）的那些文字以「橫畫」爲主，創造了總共 36 個文字。如：⌐（惡）、⌐（哀）、⌐（櫻）等。與此同時，在聲調方面，左側加點爲上聲，右側加點爲去聲。

　　比如，在教材「第一日功課」中出現的單詞「帽子」的聲調，分別用點在兩個字上標示出了去聲和上聲：冖冖（如圖 2-1）。

## 圖 2-1　Jenkins（186？）中的一部分

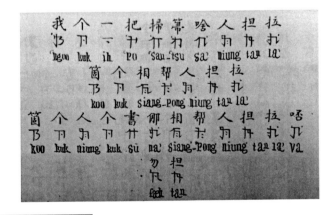

　　而 C.Keith 是把聖經翻譯成中文的主要人物之一。他在 1856 年把《使徒行傳》翻譯成上海話，另外在 1855 年他編寫了一本教科書叫《上海土白入門》（Zang-hae Too Bak Zaeh Mung）。本文使用的是這本書的手抄本的一部分，沒有前言，所以具體的內容還有待進一步研究。

　　當時，用漢字記載上海土白的部分字、詞正在逐漸固定下來，而用羅馬字母拼讀上海方言才剛剛開始。

　　據（郭紅，2009：34），1852 年秋天在一次每月教務例會上，美南監理會的戴樂（Charles Taylor）提交了一份以羅馬字母加變音符號來讀寫上海方言的報告，引起了大家的興趣，但是大多數人還是認爲羅馬字母不可能表現出所有的上海方言發音，期望能採用一種更適應於漢字書寫特點的符號。會議決定由來上海比較早的 Matthew T. Yates（晏瑪太）、J. K. Wight（魏德）、C. Taylor（戴樂）、Wardner（黃德我）等人組成一個委員會來研究解決這個問題。通過這樣的事實，Yate（1899）的初版本（1871）似乎有過自己描寫的標記法。但是，Yate（1899）是在 M. T. Yate 去世後，以 Silsby 等聯合系統羅馬字代替了羅馬字標記修正後出版的。所以本文對於初版中的標記法將不做仔細說明。最早聯合系統羅馬字出現在 Silsby（1900）的前言上，此中提到聯合系統羅馬字被上海市政委員會（Shanghai Municipal Council）〔註11〕採用，由此可知當時許多傳教士使用此標記系統記錄上海話。此外通過 Gilbert Mcintosh（1908）的前言可知此羅馬字標記法是 Silsby 設計的，並於 1899 年被滬語社（Shanghai Vernacular Society）採用〔註12〕。

---

〔註11〕它是一個政府（政權機構），並且不是中國的地方政府。在公共租界、法租界擴充和發展過程中，公共租界工部局（Shanghai Municipal Council）和法租界公董局（La Municipalité Francise de Changhai）逐步地成爲對租界的建設以及政治、經濟、司法、文化、社會等各個方面進行全面掌管的市政機關。1854 年 7 月 11 日成立租界行政委員會（Executive Committee），不久更名爲市政委員會（Municipal Council），中文名爲工部局。

〔註12〕The description of the romanised system used is reproduced, by kind permission, from the material supplied by Rev.J.A.silsby to accompany the romanised translation of the Police Regulations published by the Shanghai Municipal Council. This system of romanisation was adopted by the Shanghai Vernacular Society in 1899.-Gilbert Mcintosh（1927）的 Introduction to Second Edition 中引用。但是 Silsy（1900）的初

之後出版的大部分著作使用了這個系統，隨著時間的推移，其中一部分的標記有所修正，比如表示送氣的符號也從 1907 年開始從／'／變成了 h；又如舌尖元音／ï／，在 1900 年之前都標記爲 z，但在這之後則不再使用 z。關於這一點在 Silsby（1900：vii）裏有詳細的說明。當時對 tsz, dz 這類音中的 z，Edkins、Mateer、Baller 等認爲是／ï／，另一些學者認爲這類音好像是輔音的延長，Silsby（1900：vii）也屬於後者，所以這類音記錄在了該書的 DOK-YONGZ-MOO（獨用字母）裏。Silsby 指出了 z 的標記是不必要的（unnecessary），它會錯誤地引導了讀者（misleading），然而 1900 年在詞典索引目錄上仍使用 z 來標記。從 1907 年開始，z 這個字母只標記輔音。

此後 Pott（1920），Parker（1923），Mcintosh（1927）都使用了聯合系統羅馬字（Union System）〔註 13〕，所以當時採用該方案的著作比較多。而且可以推測這從很早的時候就已經成爲傳教士之間統一的羅馬字標準。

20 年後在 Charles Ho, George Foe（1940）解釋說明發音時，使用了 Webster 音標。筆者認爲 Webster 音標可能是參考了當時美國暢銷詞典 Noah Webster 編寫的《American Dictionary of the English Language》（1828）。此書實際所用的標音方式採用了聯合系統。

最後 Bourgeois 是使用法語拼寫方式來解釋的，他說自己的標記法參考了 Lapparent 的標記法〔註 14〕，Lapparent 是中法詞典編撰的創始人。

綜上所述，可以推測出這些著作的作者具有很高的語言學素養，他們能夠參考他人的標記法作出判斷，也能夠自己創造出新的標記法。

## 2.2　資料的可靠性

本文先根據傳教士的背景來觀察作者背景與標記法之間的關係，試圖以此

---

版，1897 年的序言上已經寫著這羅馬字系統被 Chtistian Vernacular Society of Shanghai 採用。筆者判斷這兩所社團是一樣的社團。所以採用的時期不太明確，但 Gilbert Mcintosh 序言說明了採用的時期，所以本文也引用「1899 年」。

〔註 13〕著名的外交家顧維鈞的羅馬名字寫法（Koo Vi-kyuin）就是來自此方案。

〔註 14〕他說明（1941：iv）除了「雖 seu」字的標記（Lapparent 寫著 su），以外，都跟著 Lapparent 的標記法。

判斷其資料的可靠性。

首先，本文研究分析的作者的學歷與職業整理如下：

① James Summers：小學畢業、牧師、漢語研究專家、King's College 的中文教授、出版編輯

② Joseph Edkins：倫敦大學畢業、牧師、漢語研究專家、語言學家、出版編輯

③ JohnMacgowan：牧師

④ Benjamin Jenkins：神學博士、牧師、語言學者

⑤ Gilbert Mcintosh：出版編輯

⑥ M.T.Yates：神學博士、牧師

⑦ W.H.Jeffery：醫生、約翰大學的外科教教授、Luke 醫院的外科長、中國醫療神教通報的編輯

⑧ J.A.Silsby：神學博士、牧師

⑨ Hawks Pott：神學博士、牧師、metaphysics 教授、St. John's University 總長

⑩ R.A. Parker：博士、上海市政府的官方譯員

⑪ Charles Ho, George Foe：未知

⑫ A Bourgeois：天主教的神父、漢語研究專家

由此能推斷出大部分的作者的受教育程度是很高的。

第二，第一節已經提到過，他們的拼寫法跟國籍有關。作者的國籍、所屬、著作的出版社整理如表 2-2：

其中 Parker，Charles Ho 等國籍不明確。不過他們使用的例子中引用的地名均在美國，另外他們使用的文體也更接近美國英語，由此可推斷他們是美國人。另外 Parker，Ho&Foe 是否屬於傳教團體，這一點尚不明確。

表 2-2　著者的所屬及其書籍出版機構

| 國籍 | 英　國 | 美　國 | | | | | | 法　國 |
|---|---|---|---|---|---|---|---|---|
| 著者 | Summers Edkins Macgowan | Silsby Mcintosh | Yates | Pott Jeffrey | Jenkins | Parker | Ho&Foe | Bourgeois |
| 所屬團體 | 倫敦會（LMS）〔註15〕 | 美北長老會（PN）〔註16〕 | 美南浸信會（SBC）〔註17〕 | 美國聖公會（PE）〔註18〕 | 美南監理會（MECS）〔註19〕 | 未詳 | | Imprimerie de la Mission Catholique |
| 出版機構 | 墨海書館 | 美華書館 | | | | 廣學書局 | 啓明社 | 土山灣 |

　　關於 Mcintosh（1927）的著作，它在內封面上印著出版社是「Presbyterian Mission Press」但此書的出版單位不是英國的墨海書館，而是美華書館。因爲他是美國長老會的傳教士，而墨海書館〔註20〕19 世紀 60 年代初其出版事業大致已經處於停頓狀態（鄒振環，2002：29）。此外，1913 年，美華書館和監理會的出版機構合併，對外稱爲協和書館，但美華書館有時仍沿用舊稱。所以我們可以較容易地判斷出這是美華書館。

　　另外，W. H. Jeffery 的所屬並不明確，然而從他曾任教於屬於美國聖公會的大學聖約翰書院（St.John's college）的情況來看他屬於美國聖公會的傳教士的可能性很大。通過前言中介紹的美國作者著書這一點可知，美國傳教士不分所屬團體，他們都推薦以 Pott 和 Yates 的書爲上海方言的基礎學習教材。

---

〔註15〕London Missionary Society

〔註16〕American Presbyterian Mission

〔註17〕American Southern Baptist Mission

〔註18〕American　Protestant Episcopal Mission

〔註19〕American Methodist Episcopal Church，South（Southern Methodist Church）：監理會（英語：Methodist Episcopal Church, South，1844 年～1939 年）是於 1844 年從美國衛理公會大分裂出來的。北方教會稱爲美以美會，南方的教會便是監理會。1939 年，南北教會再度聯合，稱爲衛理公會（The United Methodist Church）。

〔註20〕Presbyterian Mission Press（墨海書館）是中國大陸境內第一個使用鉛活字機器印刷的機構。從 1807 年馬禮遜到達中國起，傳教士就開始中文印刷的各種實驗，但這些活動都是在中國大陸之外進行的。近代中文印刷第一次進入中國內地，就是從墨海書館開始的。從中國近代出版史的角度看，傳教士資料有相當大的意義。

最後法國的作者 Albert Bourgeois 不是基督教而是天主教傳教士。

Jenkins 的資料只有一部分，所以此書確切的出版機構不得而知，當時英國傳教士的出版物都是由墨海書館（Presbyterian Mission Press）來出版，美國傳教士的著作大部分由美華書館（American Presbyterian Mission Press）出版。而華美書館在上海成立的時間是 1902 年（鄒振環，2002：29），所以我們容易推斷他的書也從美華書館出版的。

Parker 和 Ho&Foe 的書是由 Kwang Hsüeh Publishing house 和 Chi Ming Book Co.LTD 來出版的，Kwang Hsüeh Publishing house 的中文名是廣學書局，內封面上寫著出版社的地址，北京路 149 號就表示廣學書局〔註21〕。另外，根據張仲民《晚清上海書局名錄》中的 21 個名稱可推斷 Ho&Foe 的書是 Chi Ming Book Co.LTD（啟明社）出版的。

Bourgeois 的書是由 Imprìmerìe de T'ou-se-wè 來出版的，Imprìmerìe de T'ou-se-wè 的中文名是土山灣印書館，又稱土山灣孤兒院印書館，它的來源是天主教教士在上海地區建立的孤兒院。1842 年，從法國來的耶穌會教士到上海後，他們直接到上海城區附近的浦東、松江一帶農村地區活動，因為那裏有不少天主教徒。耶穌會在天主教徒較多的橫塘村建立了修道院和孤兒院，在院內設置了製作宗教用品和印刷書籍的工場，讓 12 歲的兒童學習手藝。其印刷工場即後來的土山灣印書館。它是中國天主教最早、最大的出版機構（胡國祥，2008：48）。

這些部分的內容是需要和之後上海的近代出版歷史一起進行考察分析的。

關於上述作者的與漢語相關的背景簡歷將在 3 章中進行詳細說明。

這些著作如何描寫上海方言的語音系統，詳細的分析將在第 4 章中進行，這裏先根據其它證據來證明這些著作都是以上海話為描寫對象的。

第一，他們以外國人的身份來學習，所以描寫當時的上海方言口語的可能性很大。

---

〔註21〕1912 年前後，美華書館和華美書館都接到各自差會的指示，要他們合成一個「為所有傳教團體服務」的印刷出版機構。1913 年合併，對外稱為協和書局。但美華書館有時仍沿用舊稱。協和書局以北京路美華書館原址為總部……中略……1931年北京路的店屋及圖書讓給廣學書局經營，廣學書局不久即改稱廣協書局。

第二，從他們的學歷與背景可以知道他們的教養和學識的水平，所以資料的可信度也很高。

第三，作者的住地都是使用上海方言的地區，近代時期的上海市外國人住地的範圍是有限的，這些都屬於上海的中心。他們活動的地區如下圖：

**圖 2-2　上海租界擴張圖**

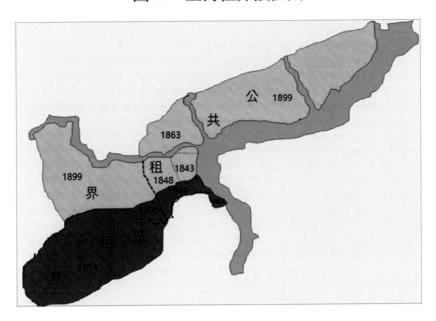

1854 年成立的自治機構工部局，逐漸演變成獨立於清朝地方政府行政與司法管轄權之外的租界。上海形成了兩個租界與中國地方政府分割管理的局面：今上海黃浦、靜安及虹口、楊浦四個區是上海公共租界（以英美爲主，其中公共租界北半部虹口、楊浦一帶爲日本勢力範圍），長寧區是上海公共租界越界築路區，盧灣、徐匯兩區是上海法租界，閘北區和原南市區兩片爲華界，由中國江蘇省管轄，但被租界分割爲互不相連的兩塊。

本文說的英美傳教士都居住在黃浦江以南，法國傳教士居住地在現在的徐家匯附近。

因爲這些理由，本文先認定英美傳教士的資料都可以反映當時上海城市的語言。

更進一步，我們可以推斷開埠後上海向洋涇浜（公共租界和法租界之間）以北和老西門以西擴展，再向蘇州河以北擴展。而這導致了現在上海語音內部的變化以及速度等的差異。

## 2.3 英、美、法國的標記法比較

前面論述的是只以羅馬字標記為標準來分類 14 本書，按著者的國籍可以分為英國、美國、法國三個國家。為了做更進一步的分析，筆者將整理上述資料的拼音法。

我們可以觀察到，它們按著者國籍的不同而在標記法上存在差異。在 2.3 我們將按書籍的國別整理標記法。首先是每個書的輔音、元音、聲調的記錄。

### 2.3.1 輔 音

參考許寶華等（1988：57）的老派上海話的 IPA 記述〔註22〕，整理傳教士資料的各輔音標記如下：（這裏用第 1 章第 9 頁的書號碼標書名，Edkins（1853）和 Edkins（1869）的標記法完全相同，所以兩本都用②來表示；暫不詳細討論實際的音值。）

#### 1. 唇 音

| | ①②③④⑤⑥⑦⑧⑨⑩⑪⑫⑬ |
|---|---|
| ʔb | p |

| | ①④⑤⑥⑬ | ②③ | ⑦⑧⑨⑩⑪ |
|---|---|---|---|
| $p^h$ | p' | p' | $p^h$ |

| | ①②③④⑤⑥⑦⑧⑨⑩⑪⑫⑬ |
|---|---|
| b | b |

---

〔註22〕這是當時在上海市區（今南市區和上海縣城內）的 60 歲以上的老年人使用的音系。聲母是 27 個，具體如下：（許寶華等，1988：57）

| ʔb 布幫北 | $p^h$ 怕胖劈 | b 步盆拔 | m 美悶梅門 | f 灰粉發 | β 符胡服 |
|---|---|---|---|---|---|
| ʔd 膽懂德 | $t^h$ 透聽鐵 | d 地動奪 | n 拿囡內男 | | l 拉拎賴領 |
| ts 煮精職 | $ts^h$ 妻倉出 | | | s 思心叔 | z 全靜蜀 |
| tɕ 舉輕腳 | $tɕ^h$ 去輕吃 | dʑ 旗群極 | n̠ 黏扭泥牛 | ɕ 修勳血 | |
| k 乾公夾 | $k^h$ 開墾擴 | g 隑共軋 | ŋ 我研鵝牙 | h 花轟瞎 | ɦ 鞋移紅雨 |
| ∅ 鴨衣烏迁 | | | | | |

| | ①③④⑦⑩⑬ | ② | ⑤⑥⑧⑨⑪⑫ |
|---|---|---|---|
| m | m | m *m* | m 'm |

| | ①②③④⑤⑥⑦⑧⑨⑩⑪⑫⑬ |
|---|---|
| f | f |

| | ①②③⑦⑤⑬ | ④ | ⑥⑧⑨⑪ | ⑩⑫ |
|---|---|---|---|---|
| v | v | v f | v 'v | v 'v |

首先，唇音部分裏老派上海話的內爆音[ʔb]，大部分的傳教士統一寫爲清音 / p /。關於實際音值將在第 5 章討論。

第二，本來在國際音標中 / ' / 和 / ' / 有著嚴格的區別。前者是爆發音（ejective sound），後者是送氣（aspirated）的意思，但是所有的傳教士資料裏他們都混用這兩個標記。不過，每本著作的內部標寫方法是統一的。Summers 和 Jenkins、Yate、Silsby（1900），法國的 Bourgeois 使用 / ' / 標送氣，而 Edkins 和 Macgowan 使用 / ' / 標送氣。這可能跟印刷活字有關係。本文在第 2 章整理後的圖表上所使用的標記都嚴格按照每本著作的實際情況。另外，1900 年以後的美國傳教士統一用添加 h 音來表示送氣音。

第三，一般美國傳教士把 v 分爲 v 和'v 兩個：前者配高調，後者配低調。但是英國和法國傳教士都不分。值得注意的是 Jenkins 把被大部分美國學者寫成'v 的「勿」字標記爲 f。

## 2. 齒齦音

| | ①②③④⑤⑥⑦⑧⑨⑩⑪⑫⑬ |
|---|---|
| ʔd | t |

| | ①⑬ | ②③④⑤⑥ | ⑦⑧⑨⑩⑪ |
|---|---|---|---|
| t$^h$ | t' | t' | T$^h$ |

| | ①②④⑤⑥⑦⑧⑨⑩⑪⑫⑬ | ③ |
|---|---|---|
| d | d | t d |

| | ①④⑩⑫ | ② | ③ | ⑬ |
|---|---|---|---|---|
| n | n | n *n* | n ⁿ | n |

| | ①②③④⑩⑫⑬ | ⑤⑥⑧⑨⑪ |
|---|---|---|
| l | l | l 'l |

| | ①④⑦⑧⑨⑩⑪⑫⑬ | ②⑤⑥ | ③ |
|---|---|---|---|
| ts | ts | ts tsz | ts tz |

| | ① | ② | ③ | ④⑤⑥⑬ | ⑦⑧⑨⑩⑪⑫ |
|---|---|---|---|---|---|
| $ts^h$ | ts' | ts | t's | ts' | tsh |

| | ①②③⑤⑥ | ④⑦⑧⑨⑩⑪⑫⑬ |
|---|---|---|
| s | s sz | s |

| | ① | ② | ③ | ④⑤⑥⑦⑧⑨⑩⑪⑫⑬ | ⑬ |
|---|---|---|---|---|---|
| z | s dz z | dz dzz z zz | s z ts dz | dz z | z |

　　首先，齒齦音中值得注意的是所有的傳教士資料裏，跟內爆音[ʔb]一樣，[ʔd]也統一寫著清音／t／。

　　第二，Edkins 和 1900 年前的 Union System 裏，ts、dz、z、s 等的獨用字母的場合，都用 z 表示／ɿ／元音。Edkins（1853）中有些 dz 聲母字和 z 聲母字混讀，比如，豺 dzé／zá、柴 dze／zá、造 'zau／dzau 等。而美國傳教士資料中將兩者分開，但是前言中說明當時上海人也分不清楚 dz 和 z 這兩個音〔註23〕。看老派的音值，我們可以推斷當時 dz 的音值已經消失歸入到 z，而只存在規範上。

　　第三，在 Summers（1853）中如果聲母 z 後面出現的是韻母 z 的時候，他將聲母記成 s，比如 tree sz^oo、self sz-ka 等。

　　第四，獨用字母部分，1900 年前的一部書聲母後面加 z，而 1900 年後的著作都單獨出現。

〔註23〕The majority Shanghai natives fail to distinguish between this sound（dz）　and that represented by z（Silsby，1900：vi）.

第五，前鼻音 n 方面，Edkins（1853）中 a、e、û 後面的韻尾都用斜體的 n 表示，而 Jenkins 的 n 韻尾都用小字表示。

第六，美國傳教士區分高調 1 和低調 '1，實際上書上出現的高調 1 較少，比如，Silsby（1900）裏有「拉、溜、遛、拎、凜、屚」6 個字，Silsby（1907）裏「拉、溜、遛、鷚、瑠、拎」等 11 個字，Pott（1920）只有「拎」1 個字。其它書裏找不到。

最後，Macgowan（1862）中記錄的齒齦音，大部分濁音被記成了清音。比如，坐 tsoo、大 too 讀 tōh 等。

### 3. 齶　音

| | ① | ② | ③ | ④ | ⑤⑥⑦⑧⑨⑩⑪⑫ | ⑬ |
|---|---|---|---|---|---|---|
| K | k | k | k | k | k kw | k |
| tɕ | ki ky | ki kü | ki kiû | kie | ky | ki |

| | ①③ | ② | ④ | ⑤⑥⑦⑧⑨⑩⑪⑫ | ⑬ |
|---|---|---|---|---|---|
| kh | k' | k k' | k | k' or kh kw' | k' |
| tɕh | ch | k'i k'ü | c' | ch | k'i |

| | ①②③④⑤⑥⑦⑧⑨⑩⑪⑫⑬ |
|---|---|
| g | g |

| | ① | ② | ③ | ④ | ⑤⑥⑦⑧⑨⑩⑪⑫ | ⑬ |
|---|---|---|---|---|---|---|
| dʑ | j | gi | j | j | j | ghi |

| | ①⑩⑫ | ②③④ | ⑤⑥⑧⑨⑪ | ⑬ |
|---|---|---|---|---|
| ȵ | ny | ni | ny 'ny | gn |

| | ① | ② | ③ | ④ | ⑤⑥⑦⑧⑨⑩⑪⑫ | ⑬ |
|---|---|---|---|---|---|---|
| ç | h'i | hi hü | hi | hi | hy | hi |

| | ①②③④⑩⑫⑬ | ⑤⑥⑧⑨⑪ |
|---|---|---|
| ŋ | ng | ng 'ng |

美國傳教士將圓唇軟齶音單獨列出，比如比英國傳教士加 kw，而齶化的字統一用 k 後加 i 元音的形式表示。關於齶化的內容將在第 5 章詳細討論。英國著者寫 ki 或者 ky 和 kü，但是美國學者只用 y 表示：比如個 ky 和 kyui。

前言的說明中，一般美國學者加唇的前後性質在輔音裏說明，比如，kw、ki。的，所以書上有 k、kw、ki 的說明。但是英國和法國學者的書上只有 k 音，這裏附加 i 元音來的時候聲音不同的說明。

美國著者們把 ng 也按高低調分爲兩個，但是除了例字以外，在正文中沒有使用高調的。不過，前面來入聲字時，有 ng 記錄高調的 'ng 的例子只有一個：顏 ngan → 一顏 ih 'ngan。

ng 和 k 在聲母和韻尾的位置都可以使用，但 k 作韻尾時，英國傳教士 Summers（1853）不使用字母，只用聲調標記來表示韻尾，所以韻尾的實際發音很難準確把握〔註24〕。

### 4. 喉音和零聲母

| | ①⑬ | ② | ③⑫ | ④⑤⑥⑦⑧⑨⑩⑪ |
|---|---|---|---|---|
| hɦ | h h | h *h* | h ∅ | h' |

| | ①②③⑫⑬ | ④⑤⑥⑦⑧⑨⑩⑪ |
|---|---|---|
| ∅ | y w | y 'w w |

關於喉擦音，將在第 5 章詳細討論。

Edkins（1853）中元音開頭的陰調類字聲母無標記，即我們現在通常所說的零聲母。陽調類（低音調）零聲母字元音同部位的濁擦成分如果是合口呼的（不包括 u 韻），用小寫的 w 表示，如「劃」wáh[ɦuaʔ]；u 韻跟開口呼同，用斜體 *h* 表示，如「河」*h*u；齊齒呼的（包括 iün[yn]韻，不包括 i 韻），用小寫 y 表示，如「藥」yáh[ɦiaʔ]「雲」yün[ɦyn]，i 韻跟開口呼同，用斜體的 *h* 表示，如「移」*h*i；撮口呼 ü[y]韻無特殊標記，如「雨」ü[y]（陳忠敏，

---

〔註24〕高調的第四聲：...makes the vowel short by stopping it in the utterance,

低調第四聲是跟高調入聲很相似

*The voice must be suddenly arrested when pronouncing ba, it will then sound as if ending with t or k. -Summers*

1995：20）。

美國傳教士資料中，元音開頭的陰調類字聲母也是無標記的，低音調零聲母字元音同部位的濁擦成分是合口呼的（不包括 u 韻），用小寫的 w 表示，u 韻跟開口呼，用'表示；齊齒呼的（包括 iün[yn]韻，不包括 i 韻），用小寫 y 表示。

## 2.3.2　元　音

一般傳教士把韻母按三種韻尾分類。據許寶華（1988：57），老派上海話的韻母是 51 個〔註25〕。其中元音結尾的有 21 個。因爲元音結尾的情況中很多都是復合元音，這裏主要考察單元音和韻尾的標記〔註26〕。老派上海話的單元音

〔註25〕

| ɿ 資此私 | i 基費微 | əu 波歌做 | y 居女羽 |
|---|---|---|---|
| ʮ 主處書 | | | |
| a 太柴鞋 | ia 野寫亞 | ua 怪淮娃 | |
| ɔ 寶朝高 | iɔ 條蕉搖 | | |
| o 花模蛇 | | | |
| ɤ 斗醜狗 | iɤ 流尤休 | | |
| e 雷扇灰 | | ue 官灌桂 | |
| ɛ 彈三鉛 | iɛ 念 | uɛ 官會犯 | |
| ø 乾最亂 | | | yø 軟園權 |
| | iɪ 天偏連 | iu 靴 | |
| ã 冷長硬 | iã 良象陽 | uã 横光～火。-足 | |
| ɑ̃ 黨放忙 | iɑ̃ 旺 | uɑ̃ 廣況狂 | |
| əŋ 奮登論 | iəŋ 緊靈人 | uəŋ 困魂温 | |
| oŋ 翁蟲風 | ioŋ 窮雲榮 | | |
| əʔ 辣麥客 | iəʔ 藥腳略 | uəʔ 挖劃刮 | |
| | iɪʔ 筆潔吸 | | |
| Aʔ 襪麥石 | iAʔ 甲腳削 | uAʔ 刮括挖 | |
| œʔ 奪撥渴 | | uœʔ 説卒撮 | yœʔ 缺月血 |
| oʔ 福足哭 | ioʔ 肉育獄 | uoʔ 鑊獲 | |
| ɔʔ 作木殼 | | | |
| əl 爾耳而 | n̩ ～奶（祖母） | m̩ 畝姆嘸 | ŋ̩ 雨五 |

〔註26〕上海話的音節結構如下。

有 12 個。

### 1. 舌尖前不圓唇元音

|   | ①②③⑤⑥ | ④⑦⑧⑨⑩⑪⑫ | ⑬ |
|---|---|---|---|
| ʅ | z | ø | e |

### 2. 舌尖前圓唇元音

|   | ① | ②③ | ④ | ⑤⑥⑦⑧⑨⑩⑪⑫⑬ |
|---|---|---|---|---|
| ɥ | zoo u（-h） | û | ū | u |

### 3. 後低元音

|   | ①③④⑤ | ② | ⑥⑦⑧⑨⑩⑪⑫⑬ |
|---|---|---|---|
| ɑ | a | á | ɑ |

### 4. 後半低元音

|   | ① | ②④⑤ | ③ | ⑥⑦⑧⑨⑩⑪⑫ | ⑬ |
|---|---|---|---|---|---|
| ɔ | ǫ | au | o au | ɑu | ɑo |

### 5. 後半高圓唇元音

|   | ① | ② | ③ | ④⑤⑥⑦⑧⑨⑩⑪⑫ | ⑬ |
|---|---|---|---|---|---|
| o | o | ó | ō | o | ouo |

### 6. 後半高元音

|   | ① | ④ | ②③④⑤⑥⑦⑧⑨⑩⑪⑫⑬ | ③ |
|---|---|---|---|---|
| ɤ | ạ | u | eu | eû |

### 7. 前半高元音

|   | ② | ③ | ④ | ⑤⑥⑦⑧⑨⑩⑪⑫ |
|---|---|---|---|---|
| e | é | e | æ | e |

```
#_____T_____#
 （C）（M）V（E）
```

聲母（Initial Consonant）、韻腹（元音）（Vowel）、韻尾（Ending）、韻頭（介音）（medial），韻尾（Final）、聲調（Tone）。

## 8. 前低元音

|   | ① | ②③④⑤⑬ | ⑥⑦⑧⑨⑩⑪⑫ |
|---|---|---|---|
| E | ā | a | ɑ |

## 9. 前半高圓唇元音

|   | ①②③④ | ⑤⑥⑦⑧⑨⑩⑪⑫ | ⑬ |
|---|---|---|---|
| ø | ö | oe | eu |

## 10. 前高元音

|   | ③④ | ①②③④⑤⑥⑦⑧⑨⑩⑪⑫⑬ |
|---|---|---|
| i | e i | i |

## 11. 後高圓唇元音

|   | ①② | ③ | ④⑤⑥⑦⑧⑨⑩⑪⑫ | ⑬ |
|---|---|---|---|---|
| ᵊu | u | ú | oo | ou |

## 12 前高圓唇元音

|   | ①② | ③ | ④ | ⑤⑥⑦⑧⑨⑩⑪⑫ | ⑬ |
|---|---|---|---|---|---|
| y | ü | iû | % | ui | iu |

英國傳教士和 1900 年前的美國傳教士資料使用「a」元音，1900 年後的美國傳教士和法國傳教士使用「ɑ」元音表示，這說明 1900 年以後出版的書都用「ɑ」活字表示央低元音 a。所以本文以後將統一使用「a」來表示這一元音。

總而言之，J. Summers（1853）使用了 11 個元音符號：i、e、a、ǫ、o、u、ü、ö、ą、z、zᵒᵒ。

J.Edkins（1853）使用 15 個符號表示元音：á、a、au、é、e、u、í、i、ó、ö、ú、u、ü、û、z。他區分長短音。

Macgowan（1862）中用 au 和 o 表示同一個音位 /ɔ/，比如：「老 lau」和「江 kong」，即陰聲韻中使用 au，陽聲韻中使用 o。他使用 13 個符號：a、au、o、ú、e、eu、i、ó、ö、oo、u、ü、û。

一般美國學者使用 11 個或者 10 個元音符號表示元音：a、au、eu、i、o、oe、oo、u、ui、（z）。其中 Jenkins（186？）的元音例子太少，無法詳細整理，但是根據資料的內容可以推斷有 ū、a、au、o、u、æ、oe、i、e、ö 等。

其中高元音的標記有點獨特，比如，他一般用 e 元音來標 i 元音，比如 kyi→ kie。另外，其它美國傳教士用 y 來標記 i 介音，而他用 i 標記。

法國傳教士 Bourgeois（1941）使用 8 個符號：e、u、a、ao、ouo、eû、ou、 iu。

### 2.3.3　聲　調

一般傳教士都認為上海方言中有八個聲調，分為高調和低調兩個系列。首先，英國傳教士 Summers（1853）自己設計了聲調標記，具體如下。

Upper series

1st tone（ ￣ ），2d tone（ ` ），3d tone（ ´ ），4th tone（ ˇ ）

Lower series

1st tone（ ^ ），2d tone 陽上（ ´ ），3d tone（ ″ ），4th tone（ ˘ ）。陽上的聲調標記是偏左的線加上小點，陽去是小點加上偏右的線。因 word 文字處理系統中找不到完全相同的符號，所以這裏只能使用樣式接近的符號標記。

Edkins（1853）用「'」和「'」表示上聲和去聲：平聲和入聲不標；上聲字的話，前上加'；去聲字的話，字後面加上'表示。

入聲是跟韻尾 h, k, g 結束的。沒有標記的是平聲。而 Edkins（1853：11）用英文輔音表示聲調的調值：u（upper）、l（lower）、r（rising）、f（falling）、q（quick）、s（slow）、e（even）、c（circumflex）、sh（short），表如下：

表 2-3　Edkins（1853）的聲調說明

|  | Tone | Sháng-hái |
|---|---|---|
| Upper Series | First 上平 | u, q, f |
|  | second 上上 | u, e |
|  | Third 上去 | u, q, r |
|  | Fourth 上入 | u, sh |
| Lower Series | First 下平 | l, e |
|  | second 下上 | l, s, r |
|  | Third 下去 | l, q, r |
|  | Fourth 下入陽上 | l, sh |

關於詳細的調值，在第 5 章討論。

美國傳教士 Silsby（1900）、Jefferys（1906）、Hawks Pott（1920）用「°」表示聲調。方法跟 Edkins 一樣。詳細標記如下：

Bing sung＝even sound

°Zang sung＝rising sound

Chui° sung＝going sound

Zeh sung＝entering sound　（final h or k）

Jenkins（186？）用「ʹ」取代了「°」。

George Charles & Ho Foe（1940）將「ʻ」與「°」合二爲一，認爲只有四個「signs」，如下：

1. ʼ□＝higher sound

2. ʻ□＝lower sound

3. °□＝at first lower, then higher

4. □°＝at first higher, then lower

另外，英國傳教士 Macgowan（1862）和美國傳教士 Parker（1923）、Mcintosh（1927）和法國傳教士 Bourgeois（1941）不標聲調。關於當時聲調的調值，將會在第 5 章討論。

到此，本文總結了輔音、元音、聲調的標記。一般英國傳教士有自己的方法標記，但是美國學者在 1900 年後都使用統一的標記。

本文使用的傳教士資料按國籍、初版年度、特徵分類如下[註27]：

**表 2-4　標記法的特徵（按國籍排列）**

| 國籍 | 標　記　法 | 著作（初版年度） | 特　徵 |
|---|---|---|---|
| 英國 | 英語拼寫法 I | Summers（1853） | 清濁對立，獨特的聲調標記 |
| | W.Jones's System 補完 | Edkins（1853,1869） | 響音，清音，送氣音 |
| | 英語拼寫法 II | Macgowan（1862） | j 是法語 |

---

[註27] 大部分資料根據緒論就可以知道初版的年度，比如初版的話用 Introduction，如果是 2 版的話就會用 Introduction to second edition 來記載。就是說每次修正緒論的時候都會出現新的內容，緒論的後面準確地記載著名字、發行的年度和日期。

| | Cleveland Keith System | Jenkins（185?）〔註28〕 | Crawford 新標記法〔註29〕下面列出 Keith 標記法 |
|---|---|---|---|
| 美國 | Silsby（Union System） | Yates（1871）〔註30〕Silsby（1900） | sz, tsz 等用 z 表示／ɿ／元音 |
| | Silsby（1897）補完 System | W.H.Jefferys（1906）J.A.Silsby（1907）Pott（1907）Mcintosh（1908）Parker（1923）Ho, Foe（1940） | z 不標記　　　　　　　　　聲調不標記　聲調不標記　聲調標記+Webster 音標 |
| 法國 | P. de Lapparent System | Bourgeois（1941） | 聲調不標記 |

　　1900 年前，傳教士基於英語寫法，用自己創制或者修改別的學者的標記法標記了上海話。

　　而 1900 年後，美國學者共同地用 Union System 。

　　R. H. Mathews 指出「官話」羅馬字拼寫的系統主要有兩種：一種是 Wade System；另一種是內地會系統（the Inland Mission system），該系統由該會創始人 J.H.Taylor 創造（邵筱芳，2010：62）。

　　上海方言的情況，主要標寫系統是由 Silsby 設計的 Union System。而且這些羅馬字系統對於中國後來的文字改革運動是有一定影響的。

　　第 3 章將介紹各著作的簡歷及其有關漢語的著作的目錄及內容。

〔註28〕其中 Jenkins（185？）的出版時期不太明確，但是據 Tiedemann（2009：160），他去世的時間是 1871 年。考慮他來上海的時間和去世時間，我們可以推定他的著作大概 185？～186？年出版。

〔註29〕這個拼音系統是 Tarleton Perry Crawford（1821～1902）創造的，Crawford 是美南浸信會的傳教士，有數本上海方言類出版物，最值得關注的還是他創造的上海土白拼音系統，《上海土音字寫法》便是其在這方面最重要的著作（郭紅，2009：32）。

〔註30〕這裏也有自己的標記方法，但本文是只有使用聯合系統羅馬字標記法的書。

# 第三章　傳教士資料的書志及內容

　　第三章將詳細地介紹到現在爲止還未研究過的文獻的作者的簡歷、資料的結構和內容，以此爲基礎要闡明本文所採取的資料的性質。

## 3.1　西洋傳教士專著的簡介

　　爲了判斷各位傳教士的漢語水平，我們首先要簡單地介紹他們的經歷。

① James Summers（1828～1891）〔註1〕

日本英語學史研究者、教育家重久篤太郎（1941）和中川かず子（2008）曾經在相關研究中介紹過 James Summers 的經歷，尤其是在中川かず子（2008）寫的 King's college Archives center 的 Council Minute（大學評議會議事錄）後詳細地編寫了 Summers 的年譜（中川かず子，2008：97～100）。本文將參考這些材料，要簡單地介紹作爲漢學家的 Summers。

　　James Summers 出生於 1828 年，只有小學的學歷。當時的入學費用非常貴，而且他的家庭情況不好，因此他不能接受高等教育。由於對學習的熱情，他自學了外語和古典文學。雖然進不了大學，但他立志想當外交官，所以決定去中國。1848 年 20 歲的 James Summers 去了香港，並在 St. Paul College〔註2〕教授

〔註1〕這是拙稿（2010）一部分的內容。

〔註2〕這是 Stanton 爲教育傳教士們而開設的一所大學。

英語。在香港的三年時間裏他學習並研究了漢語。由於受到 1849 年事件〔註3〕的牽連，兩年後遣返英國。

　　25 歲時（1853 年〔註4〕），Summers 被認證爲漢語研究專家，成爲 King's College 的中文系教授。由於他的學術經歷，有些人懷疑他對漢語方面的學術水平，但是之後他出版的各種著作充分反映他的漢語水平和學術能力。1853 年他出版了《Lecture on the Chinese Language and Literature》和《Gospel of Saint John in the Chinese language, according to the Dialect of Shanghai, expressed in the Roman Alphabetic Character. With an explanatory Introduction and Vocabulary》，同年 12 月他決定做一個神職人員，就去牛津大學 Magdalen Hall 讀書。1863 年他在牛津大學的 Magdalen Hall 被任爲神職人員，並在牛津大學附近的教堂擔任代理牧師等多種職務。

　　另一方面，1863 年以後他的興趣從漢語教育轉向宗教、文化等更寬廣的領域。他之後還擔任了大英博物館助手、博物館員等職務，在此期間中，除了漢語材料以外，他還收集了各種材料研究日本，並涉及了與亞洲相關的材料編輯工作。其中《The Repository》（1863～1865）是 1833 年在廣東出版的雜誌，專門介紹亞洲政治、文化方面的信息。該雜誌還介紹包括英國傳教士 Dr. Morrison 和美國傳教士 Dr.Bridgeman 等在內的許多名人寫的有關中國歷史和語言的優秀文章。Summers 在該雜誌的扉頁上加上了日語。他發行這本雜誌的主要目的是向英國人專門介紹中國和日本的各個方面，以此來促進英國人對東方各國的文化、生活方式的理解，並且希望英國跟亞洲各國，尤其是中日兩國建立友好關係。

　　1864 年開始，J. Summers 除了編輯之外還添加了關於日本佛教文化的文章。也許就是從那時候起 Summers 的興趣從中國轉向了日本。

　　1868 年他擔當了包括漢語在內的外語教科書的監督修改工作。1870 年他協助編輯再版了 Sir John Francis Davis 的《The Poetry of the Chinese》。同年 7

〔註3〕1849 年 6 月 7 日在澳門 Summers 在觀看聖體節行列的時候，他被要求脫下帽子，但 J.Summers 拒絕了，他因此而坐牢。幸好 1840 年後英國在鴉片戰爭中計劃向中國南部擴張，最後 J.Summers 由英國海軍武裝部隊從葡萄牙統治區救出。

〔註4〕重久篤太郎（1941）和互聯網上的記載是 1852 年，但按照中川かず子（2008：97，121），這裏定爲 1853 年。

月《The Repository》改名爲《The Phoenix》，成爲一本專門介紹東亞各國文化和社會的學術雜誌。1870 至 1872 年曾名爲「a monthly magazine for China, Japan & Eastern Asia」的雜誌改名爲「a monthly magazine for India, Burma, Siam, China, Japan & Eastern Asia」。但它的主要介紹對象仍然是中國和日本。1870 年他出版了《漢語語法》一書。該書的內容可分成語法和文選的兩個部分。語法部分又可分爲詞源學和句法學，文選部分則簡單地介紹了中國古典作品，如《三國志》的部分英譯的傳世資料和部分漢譯的《伊索寓言》，還有漢語書信體的介紹等。到此爲止這本書還未仔細地研究過，有待詳細研究。這本書發行後 Summers 似乎沒有進行這方面的研究了。〔註 5〕

1870 年後他不斷和日本政治人物接觸，並通過一個日本大臣介紹成爲江戶大學的英語系教授，1873 年他舉家遷往橫濱，之後他一直在日本從事與英語教學相關的活動。

J.Summers 的主要漢語著作如下：

1853　A Lecture on the Chinese language and Literature, Parker&Son West Strand.

1853　The Gospel of Saint John in the Chinese language, according to the Dialect of Shanghai, expressed in the Roman Alphabetic Character. With an explanatory Introduction and Vocabulary, W.M. Watts.

1863-1864 The Chinese and Japanese Repository of facts and events in Science, History, and Art, Relating to Eastern Asia, Vol.1 *Magdalen Hall, Oxford;* PRINTERS TO THE UNIVERSITY

1864　The Rudiments of the Chinese Language, with dialogues, exercises, and a vocabulary, W.M. Watts. 〔註 6〕

1870-1872 The Phoenix: a monthly magazine for China, Japan & Eastern Asia.

1870　A Handbook of the Chinese language part I, II, Grammar and Chrestomathy, prepared with a view to initiate the student of Chinese in the Rudiments of this language, and to supply materials for his early

---

〔註 5〕Summers 在該書的內封面頁廣告欄裏稱幾個月後將出版練習和詞典部分（作爲這本書的 part III, IV），但是好像最終沒能出版。

〔註 6〕感謝清華大學的張美蘭老師提醒了本書的存在。

studies., Oxford: at the University Press.

值得一提的是，本文所收集到的資料，即 1863 年以後 Summers 編寫的著作封面上都印有「實事求是」、「孟子曰博學而詳說之將以反說約也」、「開書有益　句斟字酌　書不盡言　言不盡意　言心聲也　書心盡也」等的引用中國古代成語的紋章〔註7〕。通過這些文章，我們可以知道，他對中國文化的瞭解比較深入，因爲外國人要使用這些成語，必須具備理解古代漢語和中國文化的能力。在他之後撰寫的書籍中這一點表現得更爲明顯。

② Joseph Edkins（艾約瑟 1823～1905）

基於何群雄（2000：115～127）、中村雅之（2006）的資料，Joseph Edkins 的簡歷如下：他出生於 1823 年，1843 年畢業於 University of London，以後在 Coward College 學習神學，1847 年 24 歲時，當上了牧師。1848 年，倫敦會派遣他到上海的墨海書館〔註8〕任管理助手。途徑香港到達上海，在上海住了 10 年。在上海的時候，出版了兩本語法書（Edkins，1853；Edkins1857），這兩本書到現在還受到很多方言學者、音韻學者的高度評價。Edkins 還跟中國學者一起把很多英語科學入門書翻譯成中文。當時在墨海書館幫助 Edkins 的兩個中國人是王韜（1828～1897）和李善蘭（1811～1882）。他們都是後來的中國大學者。他是中國學的專家，特別是關於中國宗教和漢語有豐富的知識。他認爲所有的語言從一個語言分化，所以他爲了闡明這一點，對多種語言的語音和語法進行了對比研究。他是著名的語言學者、編譯者、哲學家和語言文學家，編寫了介紹西洋科學的書，並翻譯聖經，此外還編寫介紹中國語言和中國的宗教，尤其是介紹佛教的書。1880 年辭職了倫敦會，以後做了 Chinese Imperial Maritime Customs 的編譯者，於 1905 年去世。

---

〔註7〕由於沒能收集到 1853 年的講義錄，這其中有沒有文章還不知，而 1852 年約翰福音轉寫資料裏是沒有漢字文章的。

〔註8〕何群雄（2000：116）寫 1861 年墨海書館關門。胡國祥（2008：55）寫 1877 年。在 Mchintoshi（1895：39）裏明確說了墨海書館的關閉時間，墨海書館的管理者 Alexander Wylie「離開」的時間。他有過兩次「離開」：一次是 1862 年，他離開墨海書館回國；二是 1877 年 7 月 8 日，還有墨海書館的廣告；1877 年 4 月的《格致彙編》上還印有「寄售處墨海書館」字樣。因此，按照麥氏的說法，墨海書館的最後關閉，應該是 1877 年 7 月間的事。

J. Edkins 的有關漢語的著作如下：

1853　A Grammar of Colloquial Chinese: as exhibited in the Shanghai dialect.Shanghai: Presbyterian Mission Press.

1857　A Grammar of the Chinese Colloquial Language, commonly called the Mandarin Dialect, Shanghai: London Mission Press

1864　Progressive Lessons in the Chinese Spoken Language: with lists of common words and phrases, and an appendix containing the laws of tones in the Peking dialect. Shanghai: Presbyterian Mission Press.

1869　A vocabulary of the Shanghai dialect. Shanghai: Presbyterian Mission Press.

1871　China's place in philology: an attempt to show that the languages of Europe and Asia have a common origin. London: Trübner&Co.

1876　Introduction to the study of the Chinese characters. London: Trübner &Co.

1888　The evolution of the Chinese language: as exemplifying the origin and growth of human speech. London:Trübner&Co.

　　其中 China's Place in Philology（1871）一書中主張歐洲語言和亞洲語言是同源（common origin）的，這是他在對漢語和印歐語（Indo-European language）詞彙進行對比研究後得出的結論。他的這一主張與當時歐洲的語言學思潮有一定的關係。19 世紀在歐洲廣泛流行歷史語言學，其中最爲流行研究語言的親屬關係。這跟當時的哲學思想和基督教思想有關係。該書的內封面上用英文寫著「創世紀」：和「使徒行傳」的一部分內容和 Homer 寫的 Odyssey 的一部分內容。

And the whole earth was of one language, and of one speech-Genesis xi.1

God hath made of one blood all nations of men for to dwell on all the face of the earth, and hath determined the times before appointed, and the bounds of their habitation-Acts xvii.26

這些內容都表明 Edkins 的想法，即人類的語言是由同一個原始母語派生出

來的。Edkins（1871）用許多事例要證明所有語言的起源只有一個。作爲 19 世紀的語言學者，Edkins 積極地吸收了當時歐洲的最新學說並應用於漢語。儘管歐洲和亞洲的語言同源說未能接收到正統觀念，但 Edkins 爲了證實這一假說，根據當時的漢語語料積極尋找語言規則，他的這一學術態度得到了後人的高度讚賞。

③ John Macgowan（**麥嘉湖**）〔註9〕

關於 John Macgowan，唯有 Alexander Wylie（1867：256）提到過，基本上找不到 John Macgowan 有關的資料。不過，根據 Alexander Wylie，他跟 Edkins 一樣，1860 年被倫敦會派往上海，1863 年去廈門 Amoy。

John Macgowan 的知名著作有 3 本：

1862　英話正音 Ying hwa ching yin

1862　英字源流 Ying tsze yuen lew

1862　A Collection of Phrases in the Shanghai Dialect systematically arranged, Shanghai: Presbyterian Mission Press.

根據 Wylie（1867：256），《英話正音》是一種英語詞彙表，整理中國語和英語詞彙的書。《英字源流》主要是說明英語的基礎拼寫法。這兩本書都是以想學英語的中國人爲對象編寫的書。

還有，《A Collection of Phrases in the Shanghai Dialect》是以要學習上海話的傳教士和外國人讀者爲對象編寫的書。

④ Benjamin Jenkins（**秦右** 1780～1871）

Benjamin Jenkins 是由美國南部的美南監理會（Missionary Society of the Methodist Episcopal Church）於 1848 年 8 月被派住上海。他是最早來華的監理會傳教士。他先到香港，後於 1849 年 3 月到達上海。1852 年由於個人的原因去了紐約，1854 年回到上海，1861 年去歐洲，1864 年再回到上海。除了這些簡單的信息以外，我們沒能找到與他有關的資料。據 John Logan Aikman（1860:336），我們只能確知他是語言學者。

---

〔註 9〕本文參考了 Wilie（1867）的書，Macgowan 的中文名叫做「麥嘉湖」，但有的書上被記錄爲「麥嘉溫」。

參考 Alexander Wylie（1867：192）的內容，整理他跟漢語有關的著作如下：

1860　The Three Character Classic or 三字經，romanized according to the Shanghai reading sound for the vicinity of Shanghai, translated literally, and printed with Chinese character and translation interlined, Shanghae

1860　The Thousand Character Classic 千字文，Romanized according to the reading sound for the vicinity of Shanghai, and printed with the Chinese character and translation interlined

1861　A List Syllables for Romanizing works according to the reading and colloquial sounds of the Shanghai dialect, with a selection of more than 4000 Chinese characters suitable for books in the Colloquial of Shanghai, Shanghae

1861　The Great Study or 大學，romanized according to the Shanghai reading sound, and printed in the Roman character with all the tones indicated, Shanghae

1861　The Middle Way or 中庸，romanized according to the Shanghai reading sound, and printed in the Roman character with all tones clearly marked. Shanghae

1861　The Conversations of Confucius or 論語，romanized according to the Shanghai reading sound, and printed in the Roman character, Shanghae

186？ Lessons in the Shanghai Dialect from Ollendorff system

⑤ Matthew Tyson Yate（晏瑪太 1819～1888）

根據顧長聲（2005：130～139），徐奕（2008），Alexander Wylie（1867：167），Yate 從 Princeton University 畢業後，被美國的浸信會（Board of Foreign Missions of the Southern Baptist Conventiou）被派遣到中國。1847 年到上海後 1857 年回美國休息，約一年半後，在 1860 年回到上海並一直在上海生活。1864 年在歐洲暢遊 1 年多之後，於 1865 年又回到上海。他 50 歲的時候，喉管突然患病，不得不於 1870 年回美國去治療，1873 年回到上海。他在上海住了大約 42 年，直到 69 歲時去世。他學習上海話的經歷很獨特，他在眼睛得了病後不

能學漢字，所以就在茶館一邊聽一邊說，跟當地人交流。在上海住了 5 年後他學會說上海土白，並編寫上海方言詞典。通過這些事實，我們可以知道他的上海話運用能力比較高。本文使用的很多著作中都積極推薦這本書爲學習上海話的入門書，也是因爲他的上海話水平相當好。

他爲人所知的著作只有一本：

1871　First Lessons in Chinese, Shanghai: Presbyterian Mission press

⑥ John Alfred Silsby（薛思培）& W. H. Jefferys

關於 J.A.Silsby 的簡歷，什麼資料也找不到。因爲很多作者在 Silsby 的名字前加博士或者牧師頭銜，通過書的內封面，只能知道他是長老會的傳教士和牧師。他寫了很多上海話拼音的資料。另外，他是參加學校教科書委員會 [註10] 的總幹事。參考游汝傑（2002）的內容，整理跟漢語有關的他的著作如下：

1895　馬太福音　用羅馬字翻譯

1897　Shanghai Syllabary, arranged in phonetic order, Shanghai: American Presbyterian Mission press

1900　Shanghai Vernacular Chinese-English Dictionary, Shanghai: American Presbyterian Mission press（with D.H.Davis）

1905　四福音書　用羅馬字翻譯

1905　A Review of Several Systems used in China, Shanghai: American Presbyterian Mission press

1907　Complete Shanghai Syllabary，with an index to Davis and Silsby's Shanghai vernacular dictionary with Mandarin pronunciation of each character, Shanghai: American Presbyterian Mission press

1911　Introduction to the study of the Shanghai vernacular, Shanghai: American Presbyterian Mission press

---

〔註10〕1877 年中華基督教教育協會成立學校教科書委員會，後改基督教中國教育會，1912 年改全國基督教教育會，後改中華基督教教育協會。設高等教育組、初等與中等教育組、宗教教育組、推廣與成人教育組，4 組合組董事會。1950 年，停止活動。會長、理事長有 Pott、吳貽芳等，總幹事有 J.A.Silsby、F.P.Gamewell 等。機關刊物有《教育月刊》等。

1911 Chinese-English Pocket Dictionary with Mandarin and Shanghai Pronunciation and reference to the dictionaries of Williams and Giles, Shanghai Tu-se-we Press（with D.H.Davis）

另一方面，通過書的內封面，我們可以知道 W. H. Jefferys 參加了醫學有關的編輯活動。他的簡歷的資料也無法找到。只在書的內封面中找到兩位的簡歷的信息。

他為人所知的著作也只有一本：

1906 Hospital Dialogue in Shanghai Thoo-Bak, Shanghai: American Presbyterian Mission press

⑦ Francis Lister Hawks Pott（卜舫濟 1864～1947）

Pott 出生於美國紐約，1883 年獲哥倫比亞大學（Columbia University）文學士學位。1886 年，獲紐約神學院學士學位。1888 年作為一個牧師出任 metaphysics 教授，1896 年開始歷任在上海建立的 St. John's College〔註11〕（聖約翰大學）的校長。

Pott 一貫倡導用英語教學，除國文課外，其它學科都用英語來教學全，同時他又歧視中文，對愛國師生參加五卅運動更是橫加阻撓。他自任校長至民國 28 年（1939 年）去職，長達 52 年，在此期間，兼文理學院院長，併兼管中學部，除教授英語外，還講授物理、化學、天文、地質等課程，同時擔任中華基督教育會會長、上海工部局教育委員會會長、皇家亞洲學會會長等職。

在那所大學（St. John's College）服務了 53 年，由於他對中國教育的貢獻，中國政府獎勵了他兩次。

他在神學領域有名，並且能知道他在教育部門裏擔當了許多職位〔註12〕。

---

〔註11〕 美國聖公會建立。中文名是聖約翰大學。從 1879 年至 1952 年，關門之前哪所大學有 73 年歷史，在中國基督教大學中是歷史最悠久的大學之一。現在東華大學、華東政法學院在歷史上都跟這所大學有關。

〔註12〕 1907 chairman of the China Centenary Missionary Conference

1914-1915 president of the Educational Association of China

1916-1925 president of the China Christian Educational Association

1919-1921 president of the Association of Christian Colleges

Universities in China chairman of the American Red Cross Society in China chairman

他出版了大學教科書、關於宗教學的翻譯書、耶穌的一生、和漢語教科書等，還出版了有關中國歷史的書。1944 年他辭職後回了美國。1946 年，曾再次來華，翌年因心臟衰竭去世。

他課餘研究中國歷史，著有《中國之暴動》、《中國之危機》。1904 年出版《中國歷史大綱》、《中國歷史概略》。民國 17 年出版《上海簡史》。

所著語漢語相關的著作如下：

1907　Lessons in the Shanghai dialect, American Presbyterian Mission press

⑧ Gilbert Mcintosh（麥金托什）& R.A. Parker&George Charles、Ho Foe

後世對於 Gilbert Mcintosh，Parker 和 Foe 這三位的生平所知甚少。我們只能在胡國祥（2008）的記錄和近代出版的相關資料中找到 Mcintoshi 的名字。他在上海的美華書局做了編輯工作。

Gilbert Mcintosh 的著作整理如下：

1895　The Mission Press in China, American Presbyterian Mission press

1908　Useful Phrases in the Shanghai Dialect with Index-Vocabulary and Other Helps, Presbyterian Mission press

1914　Septuagenary of the Presbyterian Mission Press

通過游汝傑（2002：164），我們能知道 Parker 是上海市政府的官方翻譯。關於 George Charles、Ho Foe 的簡歷，除了本文使用的書以外，什麼信息也找不到。

⑨ Albert Bourgeois（布爾其瓦／蒲君南）

A.Bourgeois 是羅馬天主教耶穌會的神父。出自徐家匯土山灣，曾任呂班路（重慶南路）震旦博物院院長。他去世後葬於上海。

他寫的漢語著作如下。

1934　Leçons Sur le Dialecte de Changhai, par le Rév.F.L.Pott., Shanghai: Imprimerie de la Mission Catholique

1941　Grammaire du Dialecte de Changhai, Shanghai: Imprimerie de T'ou-sè-wè

---

of the North China Royal Asiatic Society for two terms of office.

他出版的書籍都引用了著名的歐洲學者的上海話研究資料〔註13〕。能通過這些事實，可以瞭解到他的語言學的素養很高，並能較好地理解上海話。比較有意義的是 1941 年的《上海方言語法》，這是繼英國傳教士 J.Edkins（1853）以後的第二部上海話語法書。

## 3.2 著作的用途及內容

① James Summers（1853）

James Summers（1853）寫的書到目前為止還沒有被詳細介紹過。

J.Summers（1853）使用羅馬字把聖經的約翰福音部分用當時的上海土話發音記錄下來。同時他還整理了當時上海話的各個語音和語法特點，並且用拉丁字母為序整理了約翰福音第 1 章、第 2 章的詞彙目錄。書的全名叫《Gospel of Saint John in the Chinese language, according to the Dialect of Shanghai, expressed in the Roman Alphabetic Character. With an explanatory Introduction and Vocabulary》。

J.Summers（1853）前 12 頁整理了上海方言的元音、輔音、構詞和詞類區分等方面。後至第 94 頁是約翰福音的所有正文部分（一共 21 章），他把當時的上海話發音用羅馬字轉寫了下來。書的最後七頁，他用拉丁字母順序整理了約翰福音第 1 章和第 2 章的詞彙，並製成目錄。

關於他記述的語音將會在第 4 章有詳細分析，語音部分特別值得注意的地方是上海方言中動詞和名詞間有區別性的形態之分。動詞不採取統一的動名詞形式，作為例外，要通過添加虛詞來實現。e.g. wǒ:wǒ-dâ「a word」

此外，在構詞法部分的第 3，4，5 項中和助詞（particle）部分裏他寫到，上海方言有著豐富的助詞，並各具不同的用途和功能。他還介紹了其中一些終結助詞（mě, lǒ, ya）。他轉寫的《聖經》〔註14〕還有一個意義：這是最早出版的

〔註13〕Saimpeyre 「Chang-Hai 語言的形態論（筆記本）─沒出版的
　　　　Adinolfi 神父和 Pouplard 神父的少數的原稿
　　　　1896 Rabouin 耶穌會神父跟一起寫的「法語─漢語詞典」（T'ou-se-we 出版社，Chang-Hai）的前言有的簡單的語法
　　　　1868 Edkins 的語法書：「上海口語語法」（Presbyterian Mission Press, Shanghai）。
〔註14〕關於《聖經》，基督教《舊約》和《新約》總共 66 卷，天主教則多出 7 卷外經，

羅馬字本的上海土白《聖經》單篇 （游汝傑，2002:49）。

② Joseph Edkins（1853）

Edkins（1853）的全名叫《A Grammar of Colloquial Chinese as exhibited in the Shanghai Dialect》，一般翻譯成「上海口語語法」。它總共有 225 頁。全書分為三個部分，第一部分是語音，只占全書四分之一。用羅馬字標音，並通過西方語言作比較，說明音值。除分聲母、韻母和聲調外，還討論連讀字組的重音。並附有上海話和官話韻母對照表。他在中國傳統音韻學方面也很有造詣。此外，他非常仔細地描寫了當時上海方言的語音，可見他的素質之高。並附有上海話和官話韻母對照表。作者對上海方音的審音和分析相當細緻，十分準確（游汝傑；1998）。

第二部分是「詞類」，第三部分是句法。這兩部分是全書主幹，分為 30 課。課文按語法要點安排，例如第一課是「量詞」，第二課是「指示代詞」。用英語語法框架分析上海口語語法。例如第 6 章描寫動詞的語法變化，即以吃為例，先介紹陳述語氣，包括一般現在時、現在進行時、一般過去時、過去進行時、過去時強調式（如「我是吃個。」）、完成時、過去完成時、將來時，還介紹了命令語氣（如「吃末哉。」）和詞尾（如「吃仔。」）以及：「『個』或『拉個』用動詞後使動詞變為形容詞：種拉個稻、話拉個物事」。appendix I 的題目是文理土白，appendix II 是關於傳統的漢語聲母表。他在這裏提到漢語學者 Remusat 和語言學者 Bopp〔註15〕的業績，並提到多種漢語方言和漢語詞典。我們通過這些事實，可以進一步確認 Edkins 的語言學和漢語知識的深度。Edkins（1853）是 Owen 牧師幫助修正的。

---

總共 73 卷。除此之外兩教所使用的《聖經》內容相同，但是其中專有名詞的翻譯有一定的差異。因為天主教的《聖經》裏專有名詞翻譯直接根據拉丁語發音，而基督新教《聖經》則是按英語發音翻譯的。例如：天主教「伯多祿」（宗徒之長）翻譯自拉丁語 petrus，而基督新教「彼得」（宗徒之長）翻譯自英語 peter。同樣的例子還見於雅威——耶和華，保祿——保羅，瑪竇——馬太，若望——約翰，白冷——伯利恒等詞。又天主教稱「天主」而基督教「上帝」。另外，當時天主教會不允許用別國土語翻譯聖經。根據以上幾點 Summers 轉寫的當是基督教的《聖經》。

〔註15〕Jean-Pierre Abel-Rémusat（1788-1832）、Franz Bopp（1791-1867）

③ John Macgowan（1862）

書名是《A Collection of Phrases in the Shanghai dialect. Systematically Arranged》。書前有序說明寫作目的，即爲初學者所寫。全書按話題分爲 29 個，48 個單元，一共 191 頁，家事有 10 個單元。身體方面有 3 個，貨運的主題（話題）裏有 2 個單元。商品有絲綢、茶、英國物品及一般物品這樣 4 個單元，最後 193 頁有正誤表，課文前有羅馬字母標音說明，每個單元前面有句子中出現的的單詞目錄，一般句子有 10 至 15 個。每個單元先出中文，後出羅馬字拼音，英語排序。不標聲調。這是正式出版的最早的用西文寫的上海話課文。

④ Benjamin Jenkins（186？）

題目是《Lessons in the Shanghai Dialect from Ollendorff system》。這本書的出版年度不明確，但根據著者來到上海和去世的年度，判斷大約於一八六幾年出版。此書是毛邊紙毛筆手抄本（游汝傑，2001：159）。因本文收集的不是整本書，只有第一課到第八課，所以整個結構不太清楚。首先，書名中的「Ollendorff system」指的是「1800 年代中期，法國語言學家 Heinrich Gottfried Ollendorff 所提倡的一種語言教學法」。在當時的歐洲，曾有幾種教授外語的方式非常流行，其中就包括了「Ollendorff system」這種教學法。從「運用孩子們在學習母語時相同的習得原理，來教授外語是最好的教學方式。」這一思想出發。即，從有一個主語、一個謂語的簡單句型出發，逐漸向複雜的句型擴展。以這樣遞進的方式教授外語，就是「Ollendorff 式教學法」的關鍵所在。

檢索名爲「Ollendorff 式」的外語教科書目，對書目中的一部分書作了觀察〔註 16〕。這些教材中包含了反覆性的句型練習，相對一般的外語教材而言，其分量是相當大的（大部分都有 400 頁以上）。因本文中所收集的 Jenkins（186？）的書並非全部，所以無法精確得知其數量有多少。但能推測這些書原來的數量相當得多。

---

〔註 16〕搜索與 Ollendorff 式相關的教科書，筆者對其從 1838 年到 1890 年出版的所有教材，進行了按年度分類整理。通過同一本書的再版次數或著作的數量可以估量出 Ollendorff 教學法在當時的歐洲是非常盛行的教學法。筆者認爲即使是在現代漢語教學中，這些材料也是極具參考價值的。只是，教學方法適應與否等相關具體問題留待日後有機會再作詳細論述。

Jenkins（186？）的書中每一課的結構，大多是由「問與答」的形式組成。最先是用代名詞和動詞組成成單純的「提問」與「回答」，然後再舉出新的詞彙結構，並舉出如何把這些詞彙擴展成提問型的例句。這就是先前所述的以「Ollendorff 式」的體裁爲基礎的教學法。

舉例來說，手抄本中的第一課以「你帶著嗎？」「帶著。」這樣的對話開始。接著提出數詞「一」，再具體列舉出「一頂帽子」、「一把掃帚」、「一張紙」等等數量名詞短語。之後，再將去除了數詞、量詞的光杆名詞與開頭對話中的句子結合在一起。越往後，越是反覆循環擴充詞彙的教授形式。比如「一頂帽子」，「帽子儂有{口否}〔註17〕[你有帽子嗎？]」和「有個[有的]」這樣的句子結構中，從「帽子」這個光杆名詞出發，如同「我個帽子儂擔拉{口否}[我的帽子你拿 or 帶／戴了嗎？]〔註18〕」 和回答「是」一樣，將「帽子」擴充成爲「我的帽子」和「你拿著的帽子」等等更爲複雜的名詞短語。並且在第 1 課的最後部分，用含有疑問詞的問句「帶著的帽子是誰的」及其回答來做結尾，就像「儂擔拉個帽子啥人個[你戴著的帽子是誰的？]」和回答 「是儂的[是你的]」這樣的對話形式。每課中，把「包子，帽子，掃帚，肥皂，糖，紙」等一般名詞放入含有疑問詞的句子中做替換練習。在同樣的句型中至少反覆替換 5 次以上。這是使學習者得到句型強化練習的教材結構。

因此，我們能確定此教材比起集中學習新詞彙而言，更偏重句型方面的練習。

⑤ Joseph Edkins（1869）

這本書是 J. Edkins（1853）的詞彙整理的詞彙表 Edkins（1853）用了 4 頁對同樣的標音法進行解釋及整理詞彙。按英語字母順序排列，英語的意義、漢字和羅馬字的發音都標記了。該書共有 151 頁。

⑥ M.T.Yates（1899）

Yate（1899）是他去世後，被增補和修改（revised and corrected）後出版的，漢語書名是《中西譯語妙法》。下面寫著中文書名「First Lessons in Chinese」。

---

〔註17〕「{ }」內的内容是只在方言中存在的字形，需將「口」與「否」合起來視爲一個漢字。

〔註18〕在上海方言中「帶和戴」，兩個字的發音一樣。

一共 151 頁。前 5 頁說明標音方法，跟 Silsby（1900）的 Union system 的介紹一樣。下面有英語索引。以數詞、量詞、代詞、名詞、形容詞和動詞等的詞類順序。其中動詞部分最多。

1 頁分為 3 行。按英語、漢字和羅馬字發音順序描寫。聲調是傳統的方式來標記。字的左邊°是上聲，右邊°是去聲，詞尾有 h 或者 k 的話，就是入聲，什麼標記都沒有的話，即平聲。但對聲調的描寫不太詳細。

⑦ J.A.Silsby（1900）

全書名叫《Shanghai Syllabary arranged Phonetic Order》。此書於 1897 年少量出版後 1900 年再度出版。總共 31 頁，前 4 頁說明 Union system 標音法。共收 6,263 個字的字音。每頁有 8 行、每行裏有 10 個漢字。字音下面有漢字，各個漢字右邊有兩個數字，上面的是 Silsby 編號的，如果 William 詞典裏出現的字的話，在下面又記錄號碼〔註 19〕。只是左面的頁面印刷字母，右面是空白，這是學生們要記錄的地方，Silsby 有意編排的。按 A °a ‘a °‘a ah ‘ah ak an° ‘au ‘an° ang ‘ang °‘ang 等的語音排列順序。在 1897 年的前言他說他得到鍾子能、屠仁鄉、吳子翔、李恒春等中國人的幫助。

⑧ W.H.Jefferys（1906）

這本書是在醫院會使用的對話集，題目是《Hospital dialogue in Shanghai Thoobak》。作者在前言中推薦先看 Pott（1907）後再看自己的書更好。沒有標音法的說明，只有 St. John's Univ.的 F. C. Cooper 幫助修改羅馬字拼音。總共 63 頁。以在醫院發生的對話做主要內容，許多的英語句子從「The Physician Interpreter」特定的情況引用。去醫院的時候會使用的一般的問題、選擇醫院、飲食和減肥等一共有 26 個話題。聖約翰大學的 F. C. Cooper 教授校對了他的羅馬字。

⑨ J.A.Silsby（1907）

這本書是 Shanghai Vernacular Dictionary 的詞彙表，全書名叫《Complete Shanghai Syllabary》。這是 1897 年版本的修訂本，在原本題目上加了

〔註 19〕 The lower figure opposite each character, refers to the page in Williams' Dictionary. The asterisk indicates that the character is sometimes used instead of the more correct one just above（Silsby,1900：1）.

「complete」。這包括 Giles and Williams 詞典的字母和那本詞典沒有的字母也包括（Silsby，1907:iii）。這本書共收 14,938 個字的字音。總共 150 頁。每頁有 5 行，一行有 20 個字。代表音（羅馬字）下，有漢字還有漢字右邊寫著 Davis 和 Silsby 詞典裏那個字所在頁碼，頁碼下面又寫了普通話的發音（羅馬字）。A °a ah ak an° ang au °au au° auh aung 'a °'a ah 'ah 'an '°an 等的順序。

⑩ F.L.Hawks Pott（1920）

全書名叫《Lessons in the Shanghai Dialect》，跟 Yate（1899）一樣，學習基礎上海話的傳教士們積極推薦這本書。首先，前言後面，他說明用羅馬字的體系描寫的上海話的聲母、韻母和聲調。他把聲調分為 8 個，並舉出那些聲調的例字。

對應的漢字和常見表達方式，這是跟別的著作不同的部分，但聲調部分不夠明確。關於聲調在第五章討論。

全書一共 32 課。第一課是數量詞，第二課是指示代詞和人稱代詞，第三課是從 1 到 100 數字、Idioms（慣用語）等，每課從語法的角度出發立標題。29 課和 30 課是平時有用的句子和單詞；31 課，32 課說明敬語和俗語。

除了 32 課以外，在跟題目相關的簡單說明後，列出詞彙（生詞）。詞彙是按英文、羅馬字、漢字順序來排列的。

接下來，有兩種練習題。一種是上海話翻譯成英文的，另一種是英文翻譯成上海話。第一種練習題有上海話的羅馬字標記和漢字，要求用英文翻譯出來；第二種練習題則有英文與漢字，要求對其上海話用羅馬字標記。

比如，

1. san she, °z san kuh zeh. 三十是三个十（翻譯成英文）

2. He wants three tea pots. 伊要三把茶壺（用羅馬字標記）

跟 Jefferys（1906）一樣，聖約翰大學的同事 F. C. Cooper 教授幫助，他校正課文，並新增兩篇新的課文。

⑪ R.A. Parker（1923）

全書名叫《Lessons in the Shanghai Dialect in Romanized and Character with Key to Pronunciation》，是中級上海話課本，總共 179 頁。他在前言上寫道準備這本書用了 4 年。編輯體例仿 Davis 所編課本，但沒有英文的腳註。只有上海

話下面有羅馬字拼音。他說因為這種英文腳註，有的時候，因漢語形式有限，而造成誤導〔註20〕。正文前有拼寫說明。本文是一共由 130 個部分來組成，用 No.1, No2...等來分類。後面的 44 頁做了 glossary，以漢字、羅馬字拼音、英語順序排列。每篇的主要單詞用漢字、羅馬字拼音和英語的意思來說明了。到 No.120 以後，題目以「論……」開頭，後面的 7 個沒有題目，是數學問題和答案。比如 No.29 是「論英國人個迷信」的題目；No.129 內容如下。

　　十寸 為一尺 十尺 為一丈 一百八十 丈 為一里 二百里 為一度

　　我個汽車個輪盤個周經是十三尺五寸　問 車子行之十二里路 應該

　　轉幾回

　　答 一千六百轉

這本書是上海市政委員會雇員的教科書。而參考 Parker（1923）的前言，能知道他修改書的時候，得到 Z. T. Nyien 和 A. P. Parker 博士的幫助。

⑫　Gilbert Mcintosh（1927）

Gilbert Mcintosh（1927）的整個題目是《Useful phrases in the Shanghai Dialect with index-vocabulary and other helps》，上海美華書局出版了，附錄以外共 109 頁組成。1 版是 1906 年、2 版是 1908 年出版（一共 113 頁），5 版是 1922 年出版的 共 121 頁，本文使用的 7 版是 1927 年出版的。總 22 個課組成，裏面不但介紹問好、街道、商店、天氣等生活中能使用的句子，而且有修辭、代詞、動詞等分詞類的詞彙。特別是在 103 頁介紹跟火車和電車有關的有生詞的句子。

最後為了方便讀者找單詞，提供了 11 頁的英語－上海話索引（Index）。他使用聯合羅馬字系統標音，但是沒有聲調標記（tone mark）。他得到 G. F. Fitch 牧師、J. A. Silsby、Mr. Kau Voong-dz（高鳳池）的幫助。其中高鳳池（1864～1950）是後來商務印書館的創辦人之一。

⑬　Charles Ho、George Foe（1940）

這本書的題目是《Shanghai dialect in 4weeks with map of Shanghai》。全書分

---

〔註20〕No foot notes in English are given as the author has found from experience in the use of a book of a similar character, which has such foot notes, that they often prove misleading as they are given in a very restricted form（Parker,1927：preface）.

爲 30 課，一共 102 頁組成。封面後的兩頁是 The bund 1850 和 1940 的繪畫，此後爲與附圖片一起介紹的海外進口貨和中國出口貨，那些產品的畫圖下逐個寫著那些貨的英文名。

下一頁，是從上海到世界主要港口的英里標記的地圖〔註 21〕，還有書的內封。每課包括兩部分：生詞（word study）和對話。

30 課結束後有三個附錄。

第一個附錄是共有 5 頁的 fundamental words in daily use，把每天使用的詞彙〔註 22〕分爲 21 個項目，以英語、上海話、漢語的發音（羅馬字拼音）的順序排列。第二個附錄是中英詞彙目錄（共 9 頁），及英中詞彙目錄（共 9 頁），這兩個詞彙目錄是互相交叉的（同樣的內容英中－中英互換）。附錄的上海話羅馬字拼音是用「[ ]」標記。

書中總共有 30 課，除了地圖以外 共有 102 頁。扉頁是以 The Bund 爲標題的 1850 年和 1940 年上海外灘一帶的風景圖片。後一頁是中國進出口物品的圖畫及其英文名稱。再後一頁是從上海到世界主要港口的航線圖（標有具體英里數）。在每一課中，分生詞與對話兩個部分。書中每一頁的左列爲生詞，右列爲課文內容。

在介紹生詞 word study 部分中，一般介紹大約 10 多個上海話生詞（用粗體字標示），在旁邊用括號「（）」和羅馬字標記其發音。再用「＝」標示了相應的英語釋義。word study 部分之後的一頁是 與這些生詞的相關例句。左列是用漢字寫的例句和羅馬字標記的上海話發音。右列是各例句的英文釋義。課文後是附錄部分：附錄一，基本詞彙目錄（fundamental words in daily use）。附錄二，中－英詞彙目錄。附錄三英－中詞彙目錄。

在英－中，中－英兩個詞彙目錄中同時收錄了書中所有生詞，可將其當做詞彙索引，方便學習者快速地查找到所需要的詞。

⑬ Albert Bourgeois（1941）

---

〔註21〕 本文使用的資料都是影印本，所以要記錄正確的書的結構有限。書的題目是 Shanghai Dialect in 4 weeks with map of Sanghai，所以原本也許更有當時上海地圖。

〔註22〕 1 基數、2 序數、3 月、4 禮拜、5 季、6 時間、7 學校用具和用語、8 天文、9 人體和服裝、10 餐、11 傢具、12 遊戲、13 稱呼、14 姓、15 家族、16 職業、17 家畜、18 顏色、19 交通、20 地名、21 幣制

全書名叫《Grammaire du Dialecte de Changhai》。筆者收藏的此書缺前面的 45 頁。參考這本書的前言和筆者收藏的此書的一部分正文，略述此書內容如下。

這是用法語寫的語法書　，共 190 頁，分 302 節全面闡述上海話語法，頗為詳細。

前言上闡明這本書不是以初學者為對象，強調說這本書是上海地方方言的「中級講義書」。而他推薦從語法開始研究漢語。因為學習一點也不像歐洲（語言）形態的漢語，做句子時，先從語法開始，能得到更多幫助。這語法書是兩部分組成的。

第 1 部分是形態論。這是用歐洲（語）觀點來寫的，就用歐洲的傳統語法的分類，作者用很明確的詞彙，說明話語的範疇。Saimpeyre 神父的筆記本是第 1 部分內容的基礎。

第 2 部分是句法，而這不是根據歐洲（語）的語法，是以漢語為基礎，參考 Tetean 神父的 note（筆記本）和（主要是）Lamasse 神父的「中文書面語說明書」（海外神教協會 出版，Hong-Kong, 1921）的「Expose Preliminaire」 。

第 2 部分說「漢語語法的結構可以用一個規則來概要」，即「位置的規則」，用這唯一的規則可以說明中文為何沒有句法結構。這是強調漢語的「孤立語」[註23] 特徵。

---

[註23] Greenberg（1963）提出的語言類型有關的部分。

# 第四章　西洋傳教士資料的
# 語音系統構擬

第 4 章將構擬各種資料反映的語音系統。由於各種資料之間寫作格式的差異很大，有些著作在前言部分有著者自己整理的上海方言聲韻調音位介紹，有些卻沒有。正文中有些著作標記法的統一性很強，有些卻對於相同的字有不止一種的標記法。所以具體到每本著作，我們將會羅列它的標記法中最有特點的部分和能反映出當時上海方言新變化的部分，然後再根據資料的充分程度考慮能否構擬出完整的音系。

## 4.1　James Summers（1853）的語音系統構擬

### 輔音部分：

J.Summers 總結出了 23 個輔音音位。由於當時國際音標尚未誕生，J.Summers 使用拉丁字母加上自己創造的一套記音符號〔註1〕，並在大部分符號後給出了解釋。我們先根據調音部位和發音方法對這些符號稍作整理，可以得

---

〔註 1〕Branner（1997：252），聲調標記也獨自的：陰平（ˉ），陰上（ˋ），陰去（ˊ），陰入（ˇ），陽平（ˆ），陽上（ˊ），陽去（〃），陽入（˚）。陽上的聲調標記是偏左的線加上小點，陽去是小點加上偏右的線。word 文字表上找不到完全相同的，所以這裏選擇較接近的標記。

到：

表4-1 Summers（1853）的輔音

| | | 唇 | 齒齦 | 硬齶 | 軟齶 | 喉 |
|---|---|---|---|---|---|---|
| 塞 音 | 清 | p | t | | k | ' |
| | 濁 | b | d | | g | |
| 塞擦音 | 清 | | | ch | | |
| | 濁 | | | j | | |
| 擦 音 | 清 | f | s | sh | | h' |
| | 濁 | v | z | zh | r | |
| 鼻 音 | | m | n | | ng | |
| 邊 音 | | | l | | | |
| 半元音 | | w | | y | | |

　　現在我們需要將它們轉化爲國際音標。唇音和齒齦音部分比較容易，但在硬齶位置我們遇到了問題：J.Summers 書中的 ch 對應的是英語 church 裏的 ch，用國際音標表示的話是／tʃ／;j 對應的是英語 jaw 裏的 j，用國際音標表示的話是／ʤ／。根據後代的上海話音系判斷，這裏的 ch 其實對應了／ts／和／tɕ／兩個輔音，同理 j 實際上對應了／dz／和／dʑ／這兩個輔音，J.Summers 在這裏對上海話的輔音進行了歸併。其次，書中 sh 對應的是英語 shin 裏的 sh，國際音標應爲／ʃ／，zh 對應的是英語 vision 裏的 si，國際音標應爲／ʒ／，根據後代的上海話音系判斷，這兩個標記實際上記錄的應該分別是／ɕ／和／ʑ／。另外，y 的實際音值應該是半元音／j／。

　　在軟齶音位置有一個符號 r，書中它對應的是法語 merci，國際音標爲軟齶位置的濁擦音／ɣ／。讓人不禁聯想到上海話中所謂的喉部濁擦音／ɦ／，但是文中接著又說這個音只出現在 âr 和 àr 兩個音節中，而後者又是一個陰調類的音節，所以 r 的實際音值不可能是／ɦ／。在正文中，J. Summers 用 ar 來標記「兒」字。同時代的 J.Edkins 的上海話記音中也用到了一個類似的 rh，J. Edkins 認爲這個音就是漢語官話中「而」的聲母。這樣來看，J. Summers 書中的 r 指的應該就是／ɚ／，我們暫時不把它當作聲母處理。

　　接著是喉音部分。根據一般的觀點，後代的上海話在這個位置有三個輔音：／ʔ／、／h／和／ɦ／。書上說 ' 和 h'的區別是送氣的程度。我們似乎可以輕

鬆地確定這裏的 ' 表示 / ʔ / ，而 h'表示 / h / 。但是正文中，在喉音位置出現最多的標記既不是'也不是 h'，而是 h。它可以標記陰聲調字，比如說「花」，也可以標記陽聲調字，比如說「下」，可以說兼有後代 / h / 和 / ɦ / 的功能。而對於以元音開頭的音節 J.Summers 也沒有特意加上一個 '來表示前喉塞 / ʔ / 。

最後，雖然在歸納輔音時沒有在清輔音中再進行細分，但在實際的記音中作者還是區分了各套送氣和不送氣清輔音。

這樣，我們可以確定的 J. Summers 所記錄的上海話的輔音有以下 25 個。

表 4-2 Summers（1853）輔音構擬

| | | 唇 | 齒齦 | 硬顎 | 軟顎 | 喉 |
|---|---|---|---|---|---|---|
| 塞 音 | 清 | p p' | t t' | | k k' | |
| | 濁 | b | d | | g | |
| 塞擦音 | 清 | | ts ts' | | | |
| | 濁 | | dz | | | |
| 擦 音 | 清 | f | s | ç | | h |
| | 濁 | v | z | ʑ | | |
| 鼻 音 | | m | n | | ŋ | |
| 邊 音 | | | l | | | |
| 半元音 | | w | | j | | |

元音部分：

J. Summers 認爲有十一個元音音位，其中前九個是：/ i: / 、/ ei / 、/ ɑ / 、/ ɑu / 、/ ou / 、/ u: / 、/ y / 、/ ø / 、/ ʌ / 。另外有兩個特殊元音，J.Summers 用傳寫的輔音 tsz$^{oo}$ 和 dz$^{oo}$ 等表示，從他的描寫中我們可以得知，tsz、dz 這兩個元音實際上是舌尖元音 / ɿ / 和 / ʮ / 〔註 2〕。他傳寫的《約翰福音》裏出現 ssz、sz、tsz$^{oo}$、tsz、dz、dz$^{oo}$ 等，這個跟現代漢語《聖經》比較的話我

〔註 2〕錢乃榮（2003）認爲是 10 個元音音位，但 J. Summers 的敘述中已經涉及到了與/ɿ/相對的圓唇元音/ʮ/。原文是：In the Shanghai dialect there are no distinct diphthongs, but there is a peculiar vowel sound written tsz$^{oo}$,dz$^{oo}$,&c. This is pronounced only in part. Rule: Place the lips in the position required for producing the vowel u or oo, then pronounce the tsz or dz without moving the lips（Summers，1853：ii）.

們可以發現，z 實際上表示的是／ɿ／，z$^{oo}$ 表示的是／ʮ／。例如：ssź-kā-lòng →
世界，tsź$^{oo}$ → 主，ar-tsź → 兒子, sz"$^{oo}$ → tree 樹，sz" → four 四，to be 是，sz⁻$^{oo}$
→ 書。

# 4.2 Joseph Edkins（1853）（1869）的語音系統構擬

輔音部分：

Edkins 按音高區分聲母的原則，把聲母分成細（thin）和寬（broad）的兩
類。

J. Edkins 把輔音定爲 33 個。

表 4-3　Edkins（1853）的輔音

| High | | | Low | | |
|---|---|---|---|---|---|
| Thin | | Aspirated | Broad | Nasal&liguids | Imperfect nasal |
| k　t　p | | k' t'　p' | g　d　b | ng　n　m | *ng*　*n*　*m* |
| f | | | v | | |
| s sz tz　tsz h' | | ts'　ts'z | z zz dz dj dzz *h* | ni | |
| | | | | l　rh | |

其中包括了 8 個自成音節的輔音（t 和 d 跟 s 和 z 的組合）和舌尖元音做韻
母的音節（ní）（Edkins1853:5）。這裏有細（thin）和寬（broad）兩個輔音對立，
眾所週知，前者指不送氣塞音（obstruent），後者指濁塞音。周同春（1998：176）
在整理之後按 Edkins（1853：5）的聲母表格如下：

| 清音 | 送氣 | 寬朗 | 鼻音流音 |
|---|---|---|---|
| p | p' | b | m |
| t | t' | d | n |
| k | k' | g | ng |
| f | | v | |
| s | | dz | |
| ts | ts' | dj | |
| | | *h* | ni |
| h | | | |
| | | | l |
| | | | rh |

周同春（1988）、陳忠敏（1992）、石汝傑（1995）、錢乃榮（2003）已經構擬了 Edkins（1853）（1869）的語音系統。但是他們的構擬彼此之間有差異。

首先介紹他們構擬的內容。

聲母構擬的情況如下。周同春（1988）和石汝傑（1995）並沒有構擬整個聲母系統。送氣統一標記「'」。下面將錢乃榮（2003）和陳忠敏（1995）的聲母系統進行比較。

首先，錢乃榮（2003：8，9）構擬了 25 個輔音音位，如下：

| [p] 比兵 | [p'] 譬拼 | [b] 婆病 | [m] 米夢 | [f] 夫福 | [v] 聞佛 |
|---|---|---|---|---|---|
| [t] 多當 | [t'] 拖忒 | [d] 道獨 | [n] 暖女 | [l] 禮粒 | |
| [ts] 做捉 | [t's] 氣秋 | [dz] 茶盡 | | [s] 所雪 | [z] 乘像 |
| [k] 古今 | [k'] 空去 | [g] 共其 | [ŋ] 我硬 | [h] 海喜 | [dʑ] 序 |
| | [j] 右遠 | [w] 王橫 | | | [ɦ] 合皇 |

陳忠敏（1995）構擬了 29 個輔音音位，如下：

| p[ʔb] 比 | p'[p'] 批 | *p.b*[b] 皮 | m[m] 米 | f[f] 飛 | f.v[v] 微 |
|---|---|---|---|---|---|
| d.t[ʔd] 多 | t'[t'] 拖 | *t.d*[d] 杜 | n[n] 怒 | l[l] 路 | |
| ts[ts] 精 | ts'[ts'] 清 | *ts.dz*[dz] 盡 | | s[s] 心 | *s.z*[z] 尋 |
| ki[c] 雞 | k'i[c'] 去 | *ki.gi*[ɟ] 其 | ni[ɲ] 擬 | hi[ɕ] 希 | dj[j] 序 |
| k[k] 公 | k'[k'] 空 | *k.g*[g] 共 | ng[ŋ] 我 | h[h] 火 | h[ɦ] 河 |
| ø 愛 | | | | | |

兩個系統不一樣的部分如下：

首先，錢乃榮（2003：8、9）把古幫、端聲母構擬成一般的清音[p、t]，但是，陳忠敏（1995）構擬了先喉塞音（pre-glottalized stop）。錢乃榮（2003）只通過 Edkins（1853）記錄的字進行構擬；陳忠敏（1995）的構擬則是參照了（Edkins，1853：40）[註3]的混記和今市區老派及附近松江片方言古幫母、端母的讀音之後進行的。本文構擬為清音[p、t]。關於內爆音的音位地位，第 5 章將詳細討論。

第二，齶音的標記中錢乃榮（2003）和陳忠敏（1995）都認為在細音 i[i] 或 ü[y]前的古見組、曉組聲母正在齶化中，而其實際音值應該是舌面中音 c 系。

─────────────

〔註 3〕端 dön、短 'dön、斷 dön'、對 dé'、答 deh、斗 deu'、耽 dé*n*

他們都關注到了原書第 z 頁 Pronunciation and Examples 裏的注腳有一段說明的部分說，「去」聲母的讀音是「kʻ、cʻhi」之間的一個音，即認為當時 kʻi 向 tçʻ轉變過渡中。他們都看重 Edkins 的解釋裏，k 音演變的過度狀態。但這並不能充分說明這些音當時的音值是舌面中音。因為根據 Edkins 的說明，chi 更接近英語的[tʃʻ]，所以比起[cʻ]來，其音值應該更接近[tçʻ]。因此本文認為這是已經齶化的音[tç、tçʻ、ç]。石汝傑（1995：244～246）也參考 Edkins 的發音說明認為當時上海話已經有舌面音了。關於齶化的問題將在 5 章詳細討論。

另外，關於 ki 系列的音，錢乃榮（2003）將其視作音位變體，而陳忠敏（1995）則將其構擬成音位。

本文根據對 Edkins 的 ki 系列音的認識，將其處理為音位變體。此外，錢乃榮（2003）不將 ni 處理為音位，陳忠敏（1995）考慮到 c 系列齶音的系統性而為 ni 構擬了[ɲ]。本文認為音值是[n̠]，而以音位變體處理。

錢乃榮把「序」字的聲母看成[dʑ]，陳忠敏（1995）認為是[j]音，但是，Edkins（1853）在前言上說明 dj 音很接近英語 June 的 J 音[dʒ]，同時 Edkins 說這個音 dz 和 z 音混讀。另外，Edkins（1853：2）說明其 g（or k）í 發音像 jí。

除了前言的例子以外，書上「序」字都記錄為 z，所以本文認為 dj 表示[dz]，j 表示[dʑ]是最恰當的理解。參考 Edkins 的記述和關於他齶音的認識，本文將[tç、tçʻ、dʑ、ç、n̠]五個音視作音位變體。

第三，關於一般的濁聲母，Edkins 使用斜體 *b*、*t*、*ts*、*k* 或者濁音.b、d、dz、g 這樣兩種標記。據趙元任（1956：27、28），這些音在吳方言裏一般單獨念時，閉塞而未爆發時聲帶不振動，阻礙打開的時候才開始振動；擦音或者塞擦音的話，摩擦的時候起初不帶聲，到後半才有帶聲ɦ，因此聽起來覺得很「濁」。但是遇到輕讀而前頭有字（在 intervocalic position）的時候，都念作普通的帶音。所以趙元任標記 bʻ、dʻ、gʻ、dzʻ。石汝傑（1995：245）解釋 Edkins 注意到這類音的特殊性，他用兩種方式分別表示這類聲母在不同的位置上的發音，這種標記方法很精細。

總的來說，我們可以總結出 J.Edkins 所記錄的上海話的 24 個輔音音位。輔音根據阻礙位置和阻礙方法整理如下：

表4-4 Edkins（1853）輔音構擬

|  |  | 唇 | 齒齦 | 硬顎 | 軟顎 | 喉 |
|---|---|---|---|---|---|---|
| 塞 音 | 清 | p、p' | t、t' |  | k、k' |  |
|  | 濁 | b | d |  | g |  |
| 塞擦音 | 清 |  | ts、ts' |  |  |  |
|  | 濁 |  | dz |  |  |  |
| 擦 音 | 清 | f | s |  |  | h |
|  | 濁 | v | z |  |  | ɦ |
| 鼻 音 |  | m | n |  | ŋ |  |
| 流 音 |  |  | l |  |  |  |
| 半元音 |  | w |  | j |  |  |

元音部分：

Edkins（1853：51～53）整理了上海話的韻母系統。

一般學者按韻尾的性質把韻母分成3類：元音尾韻母、鼻音尾韻母、促音尾韻母。

周同春（1988：178）構擬了18個元音尾韻母、20個鼻音尾韻母、19個促音尾韻母，獨用字母以外，一共57個韻母。

陳忠敏（1995）構擬了60個韻母：19個元音尾、24（兩個是一樣）個鼻音尾、17個促音尾、4個獨用字母。

錢乃榮（2003：9）構擬了63個韻母，其中19個元音尾、23個鼻音尾、18個促音尾，獨用字母3個。石汝傑（1995）只整理單元音韻母8個[註4]、鼻音韻母9個和入聲韻母26個。

爲了比較他們的構擬，首先，按舌位和舌高對各書的元音尾韻母進行了整理。

其中周同春（1988）雖然參考了別的傳教士資料，他描寫的主要內容都基於 Edkins（1853），參考 Edkins 的標記再整理他構擬的18個元音尾韻母表如下：

[註4] 石汝傑（1995：246-251）：

| i[i] 衣意 | ú[u] 河吳 | ü[y] 雨女 | á[a] 挨矮 | ó[o] 華瓦 |
|---|---|---|---|---|
| é[e] 哀海 | ao[ɔ] 丫咬 | eu[ɤ] 後口 |  |  |

| | i[i] 雅 | ú[u] 烏 | ü[y] 雨 | û[ɥ] 主 |
|---|---|---|---|---|
| á[ɑ] | iá[iɑ] 天 | uá[uɑ] 歪 | | |
| ao [ɔ] | iau[iɔ] | | | |
| ó[o] 巴 | | uo[uo] 瓜 | | |
| ûe[ø] 歲 | | | | |
| é[e] 哀 | ié [ie] 且 | ué[ue] 威 | | |
| eu[ɤ+]謳 | ieu[iɤ+] 憂 | | | |
| | iú[iu] 靴 | | | |

陳忠敏（1995）構擬的 19 個元音尾韻母如下：

| z[ɿ] 字 | i[i] 理 | ú[u] 所 | ü[y] 句 | û[ɥ] 主 |
|---|---|---|---|---|
| á[ɑ] 拜 | iá[iɑ] 斜 | wá[wɑ] 乖 | | |
| ao[ɔ] 好 | iao[iɔ] 教 | | | |
| o[o] 怕 | | wo[uo] 瓜 | | |
| é[e] 海 | ié[ie] 且 | wé[ue] 規 | | ue[ɥe] 雖 |
| eu[ɤ] 溝 | ieu[iɤ] 求 | | | |
| | iú[iu] 靴 | | | |

再列出錢乃榮（2003）的 19 個元音尾韻母如下：

| ɿ 詩之字世 | i 理去第些 | u 做大古蘇 | y 句歸矩女 | ɥ 主處書灺 |
|---|---|---|---|---|
| ɑ 拜解惹快 | ɪɑ 邪借爺寫 | wɑ 乖壞怪垮 | | |
| ɔ 好告下化 | ɪɔ 教笑條票 | | | |
| o 怕遮赦罵 | | wo 瓜寡花話 | | |
| e 海雷搜衰 | ɪe 且 | we 塊回跪會 | | ɥe 雖隨追歲 |
| ɤ 溝斗搜走 | ɪɤ 求流舊修 | | | |
| | ɪu 靴 | | | |

　　陳忠敏（1992）、石汝傑（1995）、錢乃榮（2003）共同整理的單元音都是 8 個：i[i]、ú[u]、ü[y]、á[ɑ]、ó[o]、é[e]、ao[ɔ]、eu[ɤ]〔註5〕；周同春（1988）多 1 個前元音[ø]。

　　陳忠敏（1995）和錢乃榮（2003）的元音尾韻母，兩者都比周同春（1988）多出一個舌尖元音[ɿ]，而 ûe 的構擬有點不一樣。周同春（1988）構擬成[ø]；

---

〔註5〕兩個舌尖元音[ɿ]、[ɥ]單獨不能成音節，所以單元音裏不包括。

陳忠敏（1995）和錢乃榮（2003）構擬成[ɥe]。和在第 2 章中描寫的一樣，Edkins 記錄 û 的表示舌尖元音[ɥ]。而他使用「û（ü）主、ûe（üe）雖、ûn 杆」等表示。本文參考現代上海話，推斷 ûe 的發音很接近前半高元音[ø]，而這樣做的話，半高音的配置更加穩定。

另外，石汝傑（1995：247）評價說，Edkins 雖然意識到了「z 是介於 i 和 e 之間的元音，û 的發音介於 ó、ú 之間」，但有時還會出現寫錯的情況，如「坐」寫作 zû〔註6〕，說明 Edkins 對舌尖元音的認識比較模糊，他注意到這類音的特點，並把它們獨立地列出來，是正確的做法。

觀察後可以發現，上海話的複合韻母都是後響複韻母，後響複韻母的特徵是：雖然韻頭會變短，但是前後元音的舌位比較穩定。所以本文認為不用使用[ɪ]、[w]的符號。據此，本文構擬如下：

### 表 4-5　Edkins（1853）元音韻母構擬

| ʅ | ɥ | | |
|---|---|---|---|
| i | y | | |
| e | ø | ie | ue |
| ɑ | | iɑ | uɑ |
| ɔ | | iɔ | |
| o | ɤ | iɤ | uo |
| u | | iu | |

**鼻音尾韻母：**

鼻音尾韻母情況有點複雜。陳忠敏（1995）構擬了 22 個鼻音尾韻母，如下：

| én[ẽ] 半 | ién[iẽ] 選 | wén[uẽ] 官 | |
|---|---|---|---|
| ön[ø̃] 端 | iön[iø̃] 權 | | un[õ] 算 |
| an[ɛ̃] 但 | ian[iɛ̃] 念 | wan[uɛ̃] 關 | |
| áng[ã] 張 | iáng[iã] 強 | wáng[uã] 橫 | |
| ong[ã] 雙 | iong[iã] 旺 | wong[uã] 光 | |
| un（g）[ʌŋ] 根 | iun（g）[iʌŋ] 勤 | wun（g）[uʌŋ] 滾 | |

---

〔註6〕但是書中僅出現了一次錯誤（Edkins，1853：199），其它都標記為'zú，所以本文認為這只是印刷活字的錯誤。

| | ing[iŋ] 心 | | iün[yŋ] 訓 |
|---|---|---|---|
| óng[oŋ] 松<br>úng | ión[ioŋ] 兄<br>iúng | | |

錢乃榮（2003）的構擬 23 個鼻音尾韻母，如下：

| ɛ̃半船善全 | Iɛ̃選便騙錢 | wɛ̃官完歡灣 | |
|---|---|---|---|
| ø̃端杆岸看 | Iø̃權怨願卷 | | |
| æ̃但簡三煩 | Iæ̃念 | wæ̃關慣 | |
| ã張生宏行 | Iã強兩搶想 | wã橫 | ɥ̃算 |
| ɒ̃雙夢江喪 | Iɒ̃旺 | wɒ̃光黃慌況 | |
| ʌn 根身尊辰 | IʌN 勤銀近今 | wʌN 滾捆穩昏 | ʌŋ 曾成勝亨 |
| | ıŋ 心循釘親 | | |
| oŋ 松銅風儂 | Ioŋ 窮用 | | |
| | ıyŋ 訓 | | |

其中，*én*、*an*、*ong* 的構擬不一樣。陳忠敏（1995）構擬為[ẽ]、[ɛ̃]、[ã]；錢乃榮（2003）構擬成 [ɛ̃]、[æ̃]、[ɒ̃]。即半高元音和半低元音、半低元音和次低元音、以及不圓唇低元音和圓唇低元音的差異。按 Edkins 的描寫，英語 sand、hat 的 a，é 是 fail、male 的 ai 或者 a 的發音。ong 的 o 是 gong、got 的 o 發音。

那麼，a 構擬為低元音[æ]，é 構擬為高元音[e]是最恰當的。此外，o 應該構擬成後低元音，而且這樣能增加圓唇度，所以最為恰當。因為英國英語 o 是一般 ɔ 或者 ɒ 發音，都有圓唇的性質。所以，本文將 o 構擬成[ɒ]。此外，很多學者 áng 和 ong 的 ng 以鼻化元音構擬。因為考慮現代上海方言的音系，這也有道理，但本文參考 Edkins（1853）的標音說明中沒發現鼻音化的證據。所以本文為了區分到現在上海方言中保持後鼻音尾的韻母和已經鼻音化的韻母，暫時用小的 ᵑ 和一般的 ŋ 分別構擬。

另外，他說明 Morrison 寫 óng，Prémare 寫 úng，兩個都用，但是字單獨發音，或者最後來時，ó 更常用（Edkins，1853：54）。

接下來，Edkins（1853：2）說明 *an*、*en*、*ûn* 中的斜體 *n* 表示不容易聽到的輕輕的鼻音（slightly nasal）。他的說明如下。

*an*、*en*、*ûn a slight nasal,best heard before another word;* 但 *tan' , but;* 敢 *'kén, dare;* 乾 *kûn, dry;* 算 *sûn';* 搬轉 *pèn 'tsén, to whirl round*

其中「*a slight nasal,best heard before another word*（別的字前面最明顯聽到）」，單看這句話的意思是單詞末尾的 *n* 聽得不清楚。雖然他說聽得不清楚，但他的記錄上 -*n* 的脫誤幾乎沒有。所以我們容易判斷當時這三個韻母的鼻音成分已經經歷過弱化的路徑。而且筆者推斷當時這些 n 韻尾鼻化的過程中，但是跟一般元音有很明顯的差異。

但是我們不知道當時的鼻化程度到底是多少，所以這裏暫時構擬整個鼻音尾 n 來代替現在的鼻化元音。

另外，石汝傑（1995）除了 a*n* 構擬成[æ̃]外，i*an*、u*an* 的構擬跟錢乃榮（2003）的構擬相同。但是，「算、鑽、乾」等字的構擬 3 位學者都不一樣。陳忠敏（1995）構擬爲後舌次高圓唇元音[ʊ̃]，錢乃榮（2003）構擬爲舌尖圓唇元音[ʮ̃]，石汝傑（1995）構擬爲[œ̃]。因爲舌尖元音不能單獨構成音節，而以後的美國傳教士都跟「看」一樣用 oe[ø]標音，說明當時「算」字可能保持跟前圓唇元音[œ]很相似的元音，所以本文認爲石汝傑（1995）的構擬最爲恰當。

參考 Edkins（1853：55）的描寫，un（g），iun（g），wun（g）的 n（g）都以 ŋ 韻尾構擬。

除了 é、áng、ong 以外，大部分的鼻音尾韻母跟錢乃榮（2003）的構擬一致。所以本文構擬 Edkins（1853）的鼻音尾韻母如下：

**表 4-6　Edkins（1853）鼻音韻母構擬**

| | | |
|---|---|---|
| yn | | iŋ |
| ẽ | iẽ | uẽ |
| æŋ | iæŋ | uæŋ |
| ã | iã | uã |
| ø̃ | iø̃ | |
| œ̃ | | |
| ɒŋ | iɒŋ | uɒŋ |
| ʌn（ŋ） | iʌn（ŋ） | uʌn（ŋ） |
| oŋ | ioŋ | |

另外，Edkins（1853：54）記錄到，當時離上海 25～30 英里的西部地方（黃渡、朱家閣）én 韻變爲 ön。石汝傑（1995：248）提出今上海話正是向這一方面向發展的，它們已經合併成[ø]類韻母，具體情況是：

ø（← én，ön）搬南暗端亂安乾

uø（← wén，ûn）官歡碗鑽算

yø（← iön）眷權冤

**入聲韻母：**

陳忠敏（1995）構擬了 17 個入聲韻母，如下：

| ah[æʔ] 法 | iah[iæʔ] 甲 | wah[uæʔ] 括 |
|---|---|---|
| ák[ɑk] 百 | iák[iɑk] 略 | wák[uɑk] 劃 |
| ok[ɔk] 薄 | | wok[uɔk] 郭 |
| óh[oʔ] 獨 | ioh[ioʔ] 曲 | |
| öh[œʔ] 奪 | iöh[iœʔ] 月 | |
| eh[eʔ] 實 | | weh[ueʔ] 活 |
| | ih,yih[iɪʔ] 熱 | |
| uk[ʌʔ] 直 | iuk[iʌʔ] 逆 | |

錢乃榮（2003）構擬了 18 個入聲韻母，如下：

| æʔ法瞎煞阿 | ɪæʔ甲 | wæʔ括挖刮 |
|---|---|---|
| ɑk 百射石濕 | ɪɑk 略約劇腳 | wɑk 劃 |
| ʌk 值得刻色 | ɪʌk 逆吃剔極 | |
| ɔk 薄角樂捉 | | wɔʔ潯槨 |
| ok 獨國禿北 | ɪok 曲肉獄局 | |
| øʔ奪割脫掇 | ɪøʔ月掘缺越 | |
| Ęʔ實末說拔 | | wĘʔ活闊囮 |
| ɪʔ立切雪恤 | jɪʔ熱日頁結 | |

錢乃榮（2003）分爲 yih 和 ih，所以比陳忠敏（1995）多 1 個。但是有的 k 韻尾字中混入了 h 韻尾字。而他們構擬爲 k 韻尾的「劃」字在書上並不是 wák，而是 wáh。跟石汝傑（1995）描寫一樣，Edkins（1853）的入聲韻母有 26 個。但是，有的字 k 韻尾和 h 韻尾相混。

關於入聲韻尾，將在第 5 章中詳細討論。本文暫時構擬如下：

表 4-7　Edkins（1853）入聲韻母構擬

| ɪʔ | | |
|---|---|---|
| eʔ | | ueʔ |

| | | |
|---|---|---|
| øʔ | iøʔ | |
| æʔ | iæʔ | uæʔ |
| ɑʔ | iɑʔ | uɑʔ |
| ɑk | iɑk | |
| ʌʔ | iʌʔ | |
| ʌk | iʌk | |
| ɔʔ | | uɔʔ |
| ɔk | | uɔk |
| oʔ | ioʔ | uoʔ |
| ok | iok | |

　　還有一些韻母只有-h韻尾，如ah，eh，ih，oh，這些韻母雖然以古深臻兩攝字爲主，但也夾雜了一些曾梗攝字。可以斷定，當時中古p、t、k三類入聲韻尾鼎立的局面早已崩潰，只是在發音上還保留了其中的一類：-k。據此可推測：在上海方言中古代漢語的-p、t、k三個塞音韻尾中，保留最晚的是-k。

## 4.3　John Macgowan（1862）的語音系統構擬

　　本書作者並沒有給出自己整理的音系。根據本文中的情況看，作者常常不區分清不送氣塞音和濁塞音，把後者都記成清音。這種傾向似乎在齒齦部位更加明顯。比如「大」標記成too，「丈」記成tsang等。尤其是濁音z，幾乎全都標成清音s，如「床」標記成song，「坐」標成soo等。而在唇音部位這種情況相對較少，濁音大部分都保留，標記成 b、v。另外，喉部濁擦音ɦ並沒有用任何標記表示。如「哪裏」的「哪（何）」標記成a，「和」標成oo。濁聲母被大量記成清聲母這一點十分值得注意，因爲濁聲母的清化在上海方言中很晚才發生，而且直到目前爲止還沒有成系統的清化產生。所以 John Macgowan 的這一記錄，似乎超前了許多。錢乃榮（2003：53）說：「一些青年中，又有一些字的聲母變爲清音……但是這些都是散字，成系統的濁音聲母的清化並沒有發生。」而且錢著觀察到的直到20世紀90年代的年輕人中清化那些字中也沒有包括「大」、「丈」、「床」、「坐」、「和」等，這些都是非常常用的字，在現代上海方言中仍保持濁聲母的話，不可能在19世紀六十年代的時候發生清化的，所以應該是另有原因。

　　另一方面，作者將入聲韻尾用k和h兩種不同的符號標記，但其中有混亂

的情況。如「石」既有標記成 sah 的，也有標記成 sak 的。這一點似乎表現出了ʔ韻尾和 k 韻尾的混亂情況。但是跟 Edkins（1853）在字音分佈上不同。比如，「學、各」兩個字 Edkins（1853）k 尾和 h 尾兩可出現，但是 Macgowan 只收 -k 尾。

鼻音尾韻母也是混亂情況。比如，南 ney、難 nan、門 mung、文 vung、鎮 tsung、患 van、年 nien，信 sëang、兩 lëang、船 say 等。不知道哪個是鼻化元音，哪個是舌尖鼻音韻尾。

以上變化跟現代上海方言的語音很像，這可能與他的被調查人的音系有關。關於發音人有兩個可能性：1. 他是在上海生活的外地人 2. 年齡小的被調查人。筆者認爲關於發音人沒有明確的研究之前，暫時不能使用這本書討論上海方言的演變的證據。

整理他描寫的聲母如下。

表 4-8　Macgowan（1862）聲母構擬

| | | 唇 | 齒齦 | 硬齶 | 軟齶 | 喉 |
|---|---|---|---|---|---|---|
| 塞 音 | 清 | p、pʻ | t、tʻ | | k、kʻ | |
| | 濁 | b | d | | g | |
| 塞擦音 | 清 | | ts、tsʻ | tɕ、tɕʻ | | |
| | 濁 | | dz | dʑ | | |
| 擦 音 | 清 | f | s | ɕ | | h |
| | 濁 | v | z | | | |
| 鼻 音 | | m | n | ɲ | ŋ | |
| 流 音 | | | l | | | |
| 半元音 | | w | | j | | |

九 kieu、句 kiû、雞 kie、腳 kiah、 等加 i 元音表示，而兄 hioong、鄉 hiang、血 shöh 等 Edkins 的 hʻi 標記 sh。齶化的送氣音用 ch 標記用 ch 標記，比如去 che，舊 jeu、臺 jûn、件 jen 等濁音[dʑ]都標記 j。他用 e 來表示上海方言中的前高元音比如，二 nie 等。

舒聲單元音韻母如下：

表 4-9　Macgowan（1862）元音構擬

| z[ɿ] | û[ʮ] |
|---|---|
| i[i] | iû [y] |
| e[e] | ö [ø] |
| a[ɑ] | |
| au／o [ɔ] | |
| ō [o] | eu[ɤ] |
| u | |

　　上文提到，入聲韻尾分爲 h 和 k 兩套。k 尾韻有：ok、ak、uk、eak、iok
（游汝傑，1998：111）。

## 4.4　Benjamin Jenkins（186？）的語音系統構擬

　　Benjamin Jenkins 在正文前面沒有介紹自己整理的音系，正文中出現的總
字數也並不是很多，要整理出系統的音系來有一定的難度。只能從標記法中
找到比較零星的線索。

　　首先是[ȵ]作爲音位的確立。[ȵ]作爲音素在漢語中普遍存在，但是否將它
視作音位則需要分情況討論。

　　在現代漢語普通話中，聲母位置的／n／這個音位實際包括了舌尖－齒齦
鼻音[n]和舌面－硬齶鼻音[ȵ]兩個音素，通常在[i]、[y]元音和介音前面出現的
時候實際發音是[ȵ]，其它情況下出現的時候實際發音是[n]。而像「您 nin」
這樣的音節，有些人將聲母發成[ȵ]，有些人則發成[n]，在這裏兩者是自由變
體的關係。與 ȵ 相對應的舌面－硬齶塞擦音和擦音的來源有兩個，一個是從
舌尖－齒齦部位的塞擦音齶化而來的，另一部分是從舌根－軟齶位置的塞音
齶化而來的。另一方面，普通話里中古的舌根－軟齶鼻音[ŋ]已經變成了零聲
母。

　　將普通話的情況整理如下：

| 普通話 | 舌尖－齒齦 | 舌面－硬齶 | 舌根－軟齶 |
|---|---|---|---|
| 塞音、塞擦音 | t／ts ⟶ | tɕ ⟵ | k |
| 擦音 | s ⟶ | ɕ ⟵ | x |
| 鼻音 | n ⟶ | ȵ ⟵ | |

在現代上海話的音系中，同樣的位置存在著三個鼻音聲母[n]、[ȵ]、[ŋ]。實際發音中[ȵ]聲母的字只出現在細音字前面，它的來源有中古的泥娘母字和疑母字。一方面，它和[n]確實是互補分佈的關係，而且發音相近，符合將它們合併成一個音位的條件。但從系統上看，齶化的塞擦音和擦音在現代上海方言中是有獨立的音位地位的，所以將[ȵ]聲母看成獨立的音位的話會使整個系統更加整齊。所以有些人認為現代上海話中存在著／n／和／ȵ／兩個音位，有些人認為[n]和[ȵ]是同一個音位的兩個變體，兩種說法各有自己的道理。

將現代上海方言的情況整理如下：

| 現代上海方言 | 舌尖－齒齦 | 舌面－硬齶 | 舌根－軟齶 |
|---|---|---|---|
| 塞音、塞擦音 | t / ts ⟶ | tɕ ⟵ | k |
| 擦音 | s ⟶ | ɕ ⟵ | h |
| 鼻音 | n ⟶ | ȵ ⟵ | ŋ |

再來看 Benjamin Jenkins 的語音系統。Benjamin Jenkins 用 e 來表示上海方言中的前高元音[i]，如米'me、第 de 等。值得注意的是「二 nie」這個字，從這個字中古的音韻地位推測，它當時韻母實際發音應該是單元音[i]。而 e 就是用來標寫[i]的，也就是說，nie 中的 ni 是專門來標寫聲母的，它表示的只能是一個齶化的[n]，即[ȵ]。「二」的讀音當時已經和現在一樣，是[ȵi]。當觀察這個字的來源時，我們可以發現「二」的來源應該是[ni]。也就是說，當時的上海話中已經發生了從[n]到[ȵ]的齶化現象。但同時我們知道，當時的上海話中只有喉牙音的細音字齶化，舌尖音的細音字一直要到 1940 年以後才齶化成舌面音，尖團音合併。這裏鼻音和塞擦音、擦音的齶化時間出現了不一致。鼻音的率先齶化，也可以看作是舌尖塞擦音和擦音全面齶化的開端。

將當時上海話的情況整理如下：

| 1860 年代上海方言 | 舌尖－齒齦 | 舌面－硬齶 | 舌根－軟齶 |
|---|---|---|---|
| 塞音、塞擦音 | t / ts | tɕ ⟵ | k |
| 擦音 | s | ɕ ⟵ | h |
| 鼻音 | n ⟶ | ȵ ⟵ | ŋ |

聲母的情況大致如下：

表 4-10　Jenkins（186？）聲音構擬

| | | 唇 | 齒齦 | 硬齶 | 軟齶 | 喉 |
|---|---|---|---|---|---|---|
| 塞　音 | 清 | p p' | t t' | | k k' | |
| | 濁 | b | d | | g | |
| 塞擦音 | 清 | | ts ts' | tɕ tɕ' | | |
| | 濁 | | dz | | | |
| 擦　音 | 清 | f | s | ɕ | | h |
| | 濁 | v | z | ʑ | | ɦ |
| 鼻　音 | | m | n | ȵ | ŋ | |
| 邊　音 | | | l | | | |

韻母部分中，我們可以觀察到前鼻音韻尾全向後鼻音韻尾合併。Benjamin Jenkins 將「根」標記成後鼻音 kung，將「銀」標記成後鼻音 niung，這一現象符合錢乃榮（2003：24～25）的主張。

韻母的體系因為例字太少，無法系統地歸納出。

## 4.5　使用 Union system 的資料的語音系統構擬

通過整理美國傳教士的資料的基本詞彙，發現在大部分的情況下，他們標記的發音是統一的。本文選 Gilbert Mcintosh（1927），構擬了那本書的語音系統。從而將說明有些書上跟 Gilbert Mcintosh（1927 的音系不一樣的部分。

與許多其它傳教士著作一樣，Gilbert Mcintosh 首先從發聲的角度將將上海話的輔音分成高調、送氣和低調三類。首先大致按「唇」、「齒齦」、「硬齶」、「軟齶」、「半元音」將書中的輔音粗略地分成五部分：

表 4-11　Mcintosh（1927）的輔音

| | 唇 | 齒齦 | 硬齶 | 軟齶 | 半元音及零聲母 |
|---|---|---|---|---|---|
| 高調 | p ʼm ʼv | t ts s ʼl | ky ʼny | k kw ng | i w |
| 送氣 | ph f | th tsh | ch hy | kh khw h hw | |
| 低調 | b m v | d dz z l n | j ny | g gw | y wʻ |

高調類中的輔音，清塞音、塞擦音和擦音 s 是沒有標記的；鼻音和邊音都在前面加注了一個ʼ符號，因為這些是帶聲，無標記的情況下應該是屬於低調

的；這裏還有兩個半元音，它們也是帶聲，所以按照規則來說也應該有附加符號。

送氣類中的輔音都有一個表示送氣的符號 h。這一類中還有三個擦音 f、h 和 hy。hy 表示齶化的 h，也就是[ɕ]。同是擦音，爲什麼[s]被放在了高調類，而[f]、[h]和[ɕ]被放在了送氣類？這是因爲 s 是噝音而其它的是呼音。人們主要通過喉部的聲源來感知送氣與否。發噝音的時候，産生送氣感的喉部聲源被強烈的舌尖和齒齦間的聲源所覆蓋，所以對於聽者來說較難感受到送氣的存在；而呼音並沒有來自舌尖和齒齦間的聲源干擾，對於聽者來說較容易感覺到送氣。[ɕ]雖然也常常被歸爲噝音，但 Gilbert Mcintosh 遵循的標記法將 ɕ 記成 hy，從這個表面形來看，主觀上自然會將它和 h 歸在同一類。另外，[ɕ]在舌面和硬齶間的聲源畢竟沒有[s]強烈，而且現代上海話中的[tɕ]、[tɕʻ]、[ɕ]調音部位比起普通話來普遍更靠後，當時上海話中來自軟齶的齶化時間還不久，[ɕ]的調音部位可能比現代上海話更加靠後（錢乃榮 2003：33～34），所以其呼音的特性比起噝音來會更明顯，這是它爲什麼和[f]、[h]等呼音歸併在一起的客觀原因。

低調類中的輔音都是不帶標記的塞音、擦音、塞擦音、鼻音、邊音和半元音。作者將低調中的所謂「零聲母」用ʻ表示，這也是繼承了 Benjamin Jenkins（186？）以來的標記法。關於這個標記，需要從兩個方面來理解：一方面說明它與眞正的零聲母之間還存在著不同，因爲如果是眞正的零聲母的話，發音應該是從元音開始，而元音是帶聲，基頻自然會比較低，所以零聲母在低調類中出現時，按理說應該是無標記的，而在高調類中應該是有標記的，表明是帶有前喉塞的清輔音或者是緊喉色彩等。但是現在著作中的情況是：高調中的零聲母沒有任何的附加符號表示，反而是低調類中的「零聲母」加上了一個標記符號ʻ，這正說明它的實際發音不是零聲母，而是傳統上所說的帶喉擦音[ɦ]。但另一方面，與 Edkins（1853）直接用斜體的 h 來標記當時上海話中的[ɦ]相比，Gilbert Mcintosh 在這裏只用ʻ來標記。從關聯性上看，與喉擦音[h]的關係被削弱了。在這一段作者說明說：「The lower vowel initials, indicated by an inverted comma（ʻ）and attend with a slight aspiration, belong to this series（the lower series）.」從中可以看到，作者在總體上認爲它是一個元音起首的零聲母，只

是帶有一些輕微的送氣。這說明當時上海話中[ɦ]的送氣性已經弱化了。

這一系統的標記法中將絕大部分的圓唇化和齶化的輔音都獨立出來，在傳統漢語音韻學中，一般都將這些輔音的附加特徵或介音視作韻母的一部分，所以這裏也暫且不看作獨立的輔音。只是 ky、ch、j、hy、'ny 等表示的實際發音，確實是已經齶化了的舌面音 tɕ 等，所以這幾個標記視作代表了實際的音位。

半元音方面，高調類中有一個 i，而相對的低調類中有一個 y。它們是否都表示滑音 / j / 或後接 i 元音的零聲母呢？通過正文中的情況我們可以發現，標記 i 既可以在零聲母單元音音節中出現並直接充當韻母，如「衣-i」，也可以充當元音前的滑音聲母[j]，如「煙-ien」；而 y 只能作爲滑音出現，就算在零聲母單元音音節，如「伊（他）-yi」中，也是以元音前滑音的身份出現的。在 Gilbert Mcintosh 的耳中，高調類中出現的[i]元音或[j]滑音聽起來更像是元音，而低調類中出現的[i]元音或[j]滑音輔音性更強，這種判斷是具有一定事實根據的。低調類中的 i 由於和其它低調類中的音節一樣屬於氣聲發聲，所以聽起來摩擦的感覺會比高調類中的更強。有些學者將低調類中的 i 表示成[ɦi]，也是因爲這個原因。不過，同樣的情況在 u 中在存在，但此書中不管是高調還是低調一律用 w 表示。這可能是高調類中零聲母加[u]元音或是[w]滑音起首的音節並不是很多的原因，所以作者覺得，沒有爲它們再另外加一個輔音的必要。作者在這裏出現了輔音判斷標準的不一致的問題，我們按照一般的看法，將書中的滑音聲母歸成[j]和[w]兩個。

最後看一下高調中的'v 輔音。在正文中，這個符號僅用來標記否定詞「勿」。由於「勿」是一個高頻常用詞，所以存在著有特殊讀音的可能性。在現代上海方言中，「勿」字的聲母是普通的[v]，那麼當時「勿」字的發音會是什麼？錢乃榮（2003：14）認爲它是唇齒近音[ʋ]。從標記上看，'v 應該是一個唇音，當時上海話中的唇音除了[p]、[p']、[b]、[v]、[m]、[w]以外還可能有哪些？據錢乃榮（2003：32～33），在 1939 年之前上海方言中存在著雙唇摩擦音[Φ]和[β]。前者對應中古聲母「非」、「敷」，後者對應中古聲母「奉」、「微」。但爲了謹慎起見，我們現在在[ʋ]、[Φ]和[β]這三個音中間討論'v 實際發音的可能性。

從標記本身看，'v 是由 v 加上附加標記而產生的。所以其實際音值需要滿足兩個條件：既要與[v]有一定的關聯度，又要與[v]有足夠的區分度。如果不滿足第一個條件，那麼無法解釋爲什麼它會以'v 而不是'加上其它字母的形式出現；如果不滿足第二個條件，就沒有在 v 之外，另外設計一個標記來專門記錄「勿」的必要了。[ʋ]、[Φ]和[β]這三個音中，[Φ]是清聲，[ʋ]和[β]均爲帶聲，而[ʋ]和[v]一樣是唇齒音，所以第一個條件[ʋ]滿足得最好。不過相對的，[ʋ]和[v]之間的區別度最低。近音和帶擦音在發音是都是一定的摩擦加上一定的聲帶振動。漢語吳方言中的所謂「濁音」都不是眞正的帶聲，上海話中的[v]也不是眞正的帶擦聲，所以[ʋ]和[v]眞正的區別性特徵在哪裏，或者它們是否眞的有足夠大的區別性特徵，在這一點上還存在著疑問。

從'v 出現的位置看也有其特殊之處。它處在高調的位置上，說明它應該只能出現在「非」母和「敷」母等中古陰調類中。[ʋ]和[β]都是帶聲，只能在低調類中出現。僅從這一點看，它似乎是對應清摩擦音[Φ]的。但另一方面，它被放在不送氣的一類中，與送氣類中的 f 相對。而[Φ]和[β]中，清擦音[Φ]的送氣感肯定是大於帶擦音[β]的，因爲發帶擦音是，聲帶有一部分要用於振動，所以呼出的氣流自然會減小。而[β]和[ʋ]相比時，後者因爲有齒和唇間的阻礙，使氣流更不能順暢地呼出，所以送氣感更低。

這樣，我們把[Φ]、[β]和'v 這三者各自的特性整理如下：

表 4-12　[Φ]、[β]和'v 的特性

| | 音色接近[v] | 與[v]有足夠區分 | 屬於高調類 | 送氣感 |
|---|---|---|---|---|
| [Φ] | 不滿足 | 滿足 | 是 | 強 |
| [β] | 較滿足 | 滿足 | 否 | 較弱 |
| [ʋ] | 滿足 | 不滿足 | 否 | 弱 |
| 'v | 滿足 | 滿足 | 是 | 弱 |

可以發現，'v 的特性介於[Φ]、[β]和[ʋ]之間，所以其具體音值是什麼還值得進一步的討論，我們這裏暫且遵循錢乃榮（2003：14）的看法，將它寫成唇齒近音[ʋ]。

這樣，我們可以把 Gilbert Mcintosh（1927）的輔音歸爲以下三十個。

表 4-13　Mcintosh（1927）輔音構擬

| | | 唇 | 齒齦 | 硬齶 | 軟齶 | 喉 |
|---|---|---|---|---|---|---|
| 塞　音 | 清 | p p' | t t' | | k k' | |
| | 濁 | b | d | | g | |
| 塞擦音 | 清 | | ts ts' | tɕ tɕ' | | |
| | 濁 | | dz | | | |
| 擦　音 | 清 | f | s | ɕ | | h |
| | 濁 | v | z | ʑ | | ɦ |
| 鼻　音 | | m | n | ȵ | ŋ | |
| 邊　音 | | ʋ | l | | | |
| 滑　音 | | w | | j | | |

　　下面我們來看韻母的情況，Gilbert Mcintosh（1927）在正文前面的音系介紹中進行了元音舉例，他舉的例子如下：

　　1.　The Vowel Endings:

a e i au o oo oe eu u ui ia iau ieu ie

　　2.　The Nasal Endings:

an en ien oen

ang aung oong（ong）　ung iang

uin

　　3.　The Abrupt Vowel Endings:

ak ah eh ih auh ok oeh uh iak

　　我們可以看出，「The Vowel Endings」指的是中古的陰聲韻，「The Nasal Endings」指的是中古的陽聲韻，「The Abrupt Vowel Endings」指的是中古的入聲韻。

　　我們先來看陰聲韻的情況。陰聲韻的韻母 Gilbert Mcintosh 列出了 a、e、i、au、o、oo、oe、eu、u、ui、ia、iau、ieu、ie 等 14 個。其中 a 元音對應基本[ɑ]沒有疑問。e 元音可以在陰聲韻和入聲韻中出現，兩者的發音略有不同，為了方便起見統一用[e]表示。i 元音在陰聲韻和陽聲韻中對應基本元音[i]，在入聲韻中的實際發音和英語的短 i 一樣，這時可以在前面再加 i 介音。au 元音對應後中低圓唇元音[ɔ]。o 元音和 oo 元音聽起來像是 though 和 through 中

的 ou，應該就是[o]。oe 元音和德語中的 ö 發音一樣，德語中的 ö 是[ø]，所以 oe 的發音也應該是[ø]。eu 元音如法語 Monsieur 中的 eu，在正文中用來對應流攝字，所以應該是後中高不圓唇元音[ɔ]。u 元音對應基本元音[u]。ui 元音如法語中的 ü，法語中的 ü 發音是[y]，所以 ui 的發音也應該是[y]。之後的 ia、iau、ieu、ie 分別是之前討論的 a、au、eu、e 元音加上 i 介音。這裏作者並沒有列出 u 介音的情況，所以其元音體系並不完整。

接下來看陽聲韻的情況。具體來說陽聲韻可以分成三類。第一類是中古的一部分 n 韻尾字，在現代上海方言中失去了鼻音韻尾，變成陰聲韻的那些韻母。這樣的韻母有 4 個，分別是 an、en、ien 和 oen。雖然從標記上看它們在此時都保持了 n 韻尾，但是作者接著說在這些音節裏面的 n 不發音，所以標記上的 n 只是起一個表示鼻音成分的作用。這些韻的真實發音是鼻化的元音。

> (a)`an `en `ien `oen，in which the n is not sounded, but lengthens out and imparts a nasal quality to the preceding vowel（Yate, 1899; Silsby, 1900／1907; Pott, 1913 Mcintosh, 1927）
>
> The nasal endings are, -an , en ,ien ,oen, in which the final 「n」 is always nasal and should be spoken as though the nose. The sound of 「an」 is always like 「a」 in end（Parker，1923：II）.

第二類陽聲韻是中古的一部分 ŋ 韻尾字，在現代上海話中仍然保持 ŋ 韻尾，或變成鼻化音節。這些韻包括 ang、aung、oong（或者 ong）、ung 和 iang 五個。作者說它們應該是英語 song 中的 ng，但常常發成法語 bon 中的 n。前者是真正的鼻音[ŋ]，而後者是元音鼻化的標誌，所以這些韻的情況和現代上海方言的情況差不多，介於後鼻音音節和鼻化元音音節之間。

這裏出現了一個因為標記法而引起的問題。這幾組中的 ang 和上一組中的 an，如果都是鼻化元音的話，應該是完全相同的兩個音才對。我們認為這其中的兩個 a 的實際音值不同。從後世演變看，an 音節的字現在主元音都變成了中元音，而 ang 音節的字現在仍是低元音[Ã]。如果它們在失去韻尾之前沒有差別的話，就無法解釋主元音會有不同的演變方向，所以當時 an 中的 a 應該是舌位更高的[æ]或者[ɛ]。而 ang 音節中的 a，一方面要和 aung 中的後中低元音[ɔ]保持差別，另一方面也要和 an 有足夠的區別度，所以應該是標準元音[a]。

本文跟 Edkins 的構擬同理，ang 和 aung 是用小的 ŋ 字構擬：a$^ŋ$、ɔ$^ŋ$。

更加一點，在第 2 章已經提到過，Hoe&Foe（1940）的 webster 音標裏，aung 和 aung 的音標各自表示 ŭn 和 on。其它 ng 韻尾都記錄著 ing、iang、ung 等。所以我們能推斷 a$^ŋ$ 和 ɔ$^ŋ$ 的 ŋ 實際上已經脫落，留在元音的鼻化成分。這裏暫時採取與其它美國傳教士資料一樣的構擬。

另外，這裏出現了 ong 和 ung 兩個韻母。中古以後很少有方言能保持[oŋ]和[uŋ]的音位對立，上海話中也沒有能區別這兩個音的證據。所以 ung 的實際音值肯定不是[uŋ]。在正文中，ung 單用時表示現代上海方言中的中鼻音韻尾[ən]，比如「粉 fung」，也可以出現在 iung 音節中，表示上海方言中的中鼻音韻尾[in]比如「英 iung」，這兩個音如果放到現代的上海方言系統中的話應該是屬於下面這一組的，但是當時的調音部位似乎比現代上海方言更加靠後。這個現象符合錢乃榮（2003：25）的觀點。

第三類陽聲韻，其中的 n 是實實在在的一個音節成分而不是元音的附加鼻化成分，不過它的實際調音位置是介於 n 和 ng 之間的。現代上海方言中主元音如果是前高元音[i]或者是央元音[ə]的話，它後面的鼻音韻尾的實際調音位置是硬齶音。作者在這一組中所指的應該就是這個鼻音。但是這一組中只有一個 uin，上文討論過，ui 在此書中的音值是[y]，uin 的音值既可以看成[uin]，也可以看成[yn]。不管怎麼樣，在現代上海話中比這個音節更常見也更典型的[in]音節和[ən]音節並沒有在這一組中出現，而是出現在了上一組，這是當時上海方言的一個特點。

最後看一看入聲韻的情況。現代上海話中，只有一個入聲韻尾。而 Mcintosh 延續了以前的傳教士記錄，將入聲韻尾分成-k 和-h 兩個。前者是軟齶塞音，有 ak、ok 和 iak 三個，後者是喉塞音，有 ah、eh、ih、auh、oeh 和 uh 六個。從主元音的分佈上，這兩個入聲韻在主元音 a 後面出現了對立。如果是這樣的話，我們就不能把它們視作同一音位的條件變體，而是要視作兩個入聲韻尾音位。但是這兩個韻尾除了在 a 元音後以外，其它出現的環境都是不衝突的。鑒於在陽聲韻中，元音[æ]、[a]和[ɔ]是三個獨立的音位，我們可以推斷入聲韻中也可以有這樣的對立。即 ak 和 ah 中的 a 一個是[æ]，另一個是[ɑ]。但是，從正文的情況看，ak 的實際讀音是[ɑʔ]，ah 的實際讀音是[æʔ]。這樣，只有一

個入聲韻尾。關於入聲韻的情況，將在第 5 章詳細討論。

這樣，將介紹中沒有舉出的音位補全後，可以得到以下的韻母系統：

獨用字母 3 個：ŋ、m、ər

元音尾韻母：

表 4-14　Mcintosh（1927）元音尾韻母構擬

| ɿ | | | | |
|---|---|---|---|---|
| i | | y | u | |
| e | ø | ie | ue | |
| ɑ | | iɑ | uɑ | |
| o | | ɤ | ou | iɤ |
| ɔ | | iɔ | | |

鼻音尾韻母：

表 4-15　Mcintosh（1927）鼻音尾韻母構擬

| æ̃ | | |
|---|---|---|
| ẽ | iẽ | uẽ |
| ø̃ | iø̃ | |
| aŋ | iaŋ | uaŋ |
| ɔŋ | iɔŋ | uɔŋ |
| oŋ | ioŋ | |
| ʌŋ | iʌŋ | uʌŋ |
| | | uin |

入聲韻母：

表 4-16　Mcintosh（1927）入聲韻母構擬

| ɑʔ | iɑʔ | uɑʔ |
|---|---|---|
| oʔ | ioʔ | |
| æʔ | iæʔ | uæʔ |
| ɔʔ | | uɔʔ |
| uʔ | | |
| øʔ | iøʔ | |
| eʔ | | ueʔ |
| ɿʔ | iɿʔ | |

## 4.6　A Bourgeois（1941）的語音系統構擬

由於 A Bourgeois（1941）在正文之前沒有介紹並沒有自己整理的音系，所以我們只能通過考察本文的情況來整理其音系。

首先看聲母部分。

從聲母看，此書的一個特點是將濁喉擦音[ɦ]標記成 h，比如：合 heh。這在當時是屬於比較特殊的。十九世紀中期的傳教士 Summers（1853）和 Edkins（1853）中是將[ɦ]標記成 h 或者類似的音，但是從 1860 年代的 Macgowan 和 Jenkins 開始，傳教士們紛紛用零聲母或者 ' 符號來表示[ɦ]，這背後應該是有語言根據的。現代上海方言中的這個音送氣性已經很弱了。實驗語音學中檢測這個音的一個重要指標就是這個音後面的元音前半段諧波能量的差值。根據這項指標，在最近年輕人的口中，這個音甚至完全失去了送氣性，「矮」和「鞋」兩個字現在已經沒有了聲母的差別，只剩下高調和低調的差別。這一現象在上海話中應該是一個漸變的過程。我們期望可以從傳教士著作的標記法中找到這一漸變過程的線索。

19 世紀中葉的傳教士用接近 h 的符號來標記它，到了 19 世紀後半起使用更接近零聲母的符號標記，這可以視作是它送氣性不斷降低的反應。但是到了 Bourgeois（1941）的時候，又再次使用了 h 來標記它，似乎是一種倒退。這可能是他選擇的發音人的音系比較保守，[ɦ]聲母的送氣性還很強的緣故。

在 Bourgeois（1941）中還可以觀察到[dz]聲母字消失，在前人的羅馬字注音中被標記爲[dz]的字都被標記成了[z]聲母，比如：茶 zou。據錢乃榮（2003：15），到 1915 年高本漢的《方言字彙》中，「茶」這個字仍舊是[dz]聲母，但是到了 1928 年趙元任《現代吳語研究》中，不論是新派還是舊派，「茶」都變成了[z]聲母。從此以後的文獻中，「茶」都爲[z]聲母。Bourgeois（1941）中也不例外。

另外，作者用 gn 來標寫齶化的 n，即[ȵ]，比如：女 gnu、熱 gnéh。可能是因爲在法國人的耳中，這個音更接近軟齶音鼻音[ŋ]。

現在將 A Bourgeois（1941）的輔音系統整理如下：

表 4-17　Bourgeois（1941）輔音構擬

| | | 唇 | 齒齦 | 硬齶 | 軟齶 | 喉 |
|---|---|---|---|---|---|---|
| 塞　音 | 清 | p p' | t t' | | k k' | |
| | 濁 | b | d | | g | |
| 塞擦音 | 清 | | ts ts' | tɕ tɕ' | | |
| | 濁 | | | | | |
| 擦　音 | 清 | f | s | ɕ | | h |
| | 濁 | v | z | ʑ | | ɦ |
| 鼻　音 | | m | n | ȵ | ŋ | |
| 邊　音 | | | l | | | |
| 滑　音 | | w | | j | | |

下面看韻母的情況。

首先是[ɣ]和[ø]這兩個元音的標記法。Bourgeois 用 eu 來標記[ø]這個元音，比如「看 k'eu」、「算 seu」等。在其它的傳教士著作中，eu 的標記常用來表示中高不圓唇元音[ɣ]。這是值得我們注意的地方：因為如 Mcintosh（1927）中用 eu 標記上海話中的[ɣ]時明確指出這個 eu 元音發音如同法語 Monsieur 中的 eu，但身為法國人的 Bourgeois 在這裏卻用 eû 來表示[ɣ]，而用 eu 來表示[ø]。

接著是[y]和[u]這兩個標記的問題。在正文中，Bourgeois 使用 u 來標記那些明顯在上海話中發[y]的字，比如「女 gnu」等。[u]和[y]在上海話的音系中，從古到今一直就保持著音位上的對立，作者用 u 表[y]只能看成作者找不到其它合適的音來表示其母語中沒有的前高圓唇元音[y]，所以只能臨時用 u 來遷就的無奈選擇，並不能看成是真實語言音系的反應。接下來作者在標記上海話中的[u]時遇到了問題：原來最適合標記[u]元音的 u 已經用來標記[y]了，所以 Bourgeois 使用了 ou 這個標記，比如「大 dou」，這一點可能會引起歧義。因為吳語中的[u]很容易裂化變成[ou]。根據錢乃榮（1992：307）上海周圍的蘇州、崑山、寶山雙草墩、寶山羅店、吳江黎里、吳江盛澤、嘉興、湖州雙林、杭州等地，「大」字都已經裂化為[əu]或類似的音。Bourgeois 在這裏使用的 ou，是不是也說明上海話中的 u 也出現了裂化的傾向。我們認為這主要還是遷就於標記法而導致的結果，因為除了這一本書以外，沒有其它的證據能夠證明當時的上海話 u 元音有裂化現象產生。

　　另一個值得注意的是，在 Bourgeois（1941）中，「主」這個字的韻母也是用 u 來標記的。魚虞韻的知章組字，主元音從中古到現代上海話大約經歷了以下的變化：

$$u \quad \rightarrow \quad y \quad \rightarrow \quad ɥ \quad \rightarrow \quad ɿ$$

　　作者在這裏用 u 來表示「主」，說明它還是一個圓唇元音，但它絕不可能是表面形式所反映出的[u]元音。上文已經提到，作者在此書中還用 u 來表示上海話的[y]元音。但是從 19 世紀中葉以後，上海方言中魚虞韻的知章組字應該已經變成了舌尖元音，而不再是舌面元音。綜合以上兩點，它應該是圓唇舌尖元音[ɥ]。由於[y]和[ɥ]的音色比較接近，而舌尖元音，特別是圓唇元音在印歐語系中十分罕見，對於非母語者來說，無法準確地區分和把握這兩個音之間的差別，所以作者在這裏犯了用同一個標記標寫兩個不同音位的錯誤。不過這也給我們提供了有意義的信息，即此時的[ɥ]音色還是非常接近[y]的。據錢乃榮（2003：42），上海話中的[ɥ]在 1940 年到 1969 年這段時間裏完成了從[ɥ]到[ɿ]的變化。我們可以看到，處在這一時期開始位置的 1941 年，這個變化還沒有開始發生，[ɥ]的圓唇性還很明顯，這與錢乃榮的觀點基本一致。

　　以上主要涉及了和圓唇元音有關的一些問題，現在就這五個元音將 A Bourgeois 的標記法和美國傳教士的標記法做一下比較：

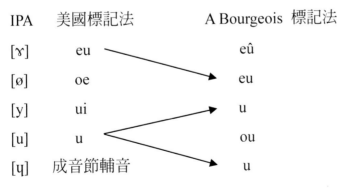

現在將韻母情況整理如下：

獨用字母 3 個：ŋ、m、ər

**元音尾韻母：**

表 4-18　Bourgeois（1941）元音尾韻母構擬

| ɿ | ʮ | | | |
|---|---|---|---|---|
| i | | y | u | |
| e | ø | ie | ue | |
| ɑ | | iɑ | uɑ | |
| o | | ɤ | ou | iɤ |
| ɔ | | iɔ | | |

鼻音尾韻母：

表 4-19　Bourgeois（1941）鼻音尾韻母構擬

| æ̃ | | | |
|---|---|---|---|
| ẽ | iẽ | uẽ | |
| ø̃ | iø̃ | | |
| aŋ | iaŋ | uaŋ | |
| ɔŋ | iɔŋ | uɔŋ | |
| oŋ | ioŋ | | |
| ən | iən | uən | yn |

他的著作裏-k 韻尾已經沒有。詳細的情況在第五章討論。

其入聲韻母的構擬如下：

表 4-20　Bourgeois（1941）入聲韻母構擬

| ɑʔ | iɑʔ | uɑʔ |
|---|---|---|
| eʔ | ieʔ | ueʔ |
| ɛʔ | iɛʔ | uɛʔ |
| øʔ | iøʔ | |
| ɔʔ | | uɔʔ |
| oʔ | | |
| uʔ | | |
| | | |
| ɿʔ | iɿʔ | |

最後，通過本文得出的語音系統，我們可以再將上海方言的歷史時期細

分。美國傳教士標記法大部分一樣，但本文發現他們的標音中部分有差異：比如，包括 Jenkins（186?）在內，所有美國傳教士的資料裏入聲韻尾的標記跟 Edkins（1853）的很相似。但是 Yate（1899）後的標音說明上發現有些差異。而 Hoe&Foe（1940）的話，陽聲韻中 ang 和 aung 的 ng 都被記錄成鼻音化成分，所以本文認爲把這些書分到別的時期裏。

表 4-21　近代上海方言語音發展時期

| 語　音　系　統 | 資　　料 |
|---|---|
| 1 期 | Summers（1853） |
| | Edkins（1853,1869） |
| 未詳 | Macgowan（1862） |
| 1 期 | Jenkins（186?） |
| 2 期 | Yates（1899） |
| | Silsby（1900） |
| | W.H.Jeffery（1906） |
| | J.A.Silsby（1907） |
| | Mcintosh（1927） |
| | Pott（1920） |
| | Parker（1923） |
| 3 期 | （Ho，Foe（1940）） |
| ? 期或者地域的差異 | Bourgeois（1941） |

筆者認爲幾個美國傳教士資料的共同點不但在標記法上，並且那時期上海方言的語音也較爲穩定。本文先暫時把近代上海話發展史期分爲以下三個時期：

第 1 期，從開埠到 1900 年前

第 2 期，1900 年到（1940 年前）

第 3 期，1940 年後

另外，考慮各書的初版年度，其中 Pott（1907）、Mcintosh（1908）是過了約 20 年後才修改後出版，我們日後觀察當時上海話的語音演變時，得考慮有沒有受這些事實的影響。並且日後用這段時期內的其它資料，也需要考慮到這一點。

另外，本文認爲如此分類跟上海移民史肯定有關係。上海原來的居民最多

不會超過十萬，開埠以後漸漸成爲典型的母語不同的移民社會。1852 年上海人口爲 549,249 人，到 1920 年增至 3,085,617 人；1937 年爲 3,775,371 人；1947 年爲 4,375,061。百年間人口增長 40 倍，大量蘇南、蘇北和浙北人遷移而來。據上海的人口統計，1934 年原籍外地的居民占 75%〔註7〕。人口大幅增長的時期跟語音演變的時期，這兩者之間必然有關聯性。

---

〔註 7〕據《上海年鑒》（1947～1948），上海人口 51%爲江蘇省籍，38%爲浙江省籍。剩下的 11%爲本地人和其它省籍人。據 1949 年的統計，在閘北、虹口、楊樹浦三地區，外省籍人口占 95%以上，其中大部分是蘇北人。1950 年的統計原籍外地的居民占 85%。江蘇省籍以蘇州、無錫、常州地區爲主，浙江省籍以寧波爲主。這些移民的原籍方言主要是以蘇州話爲代表的蘇南吳語和以寧波話爲代表的浙北吳語。

# 第五章　從音節結構看近代上海方言的語音演變

　　我們在第 4 章中構擬了各時代的音系。在第 5 章中，我們將在音節結構上觀察近代上海方言的語音演變。

## 5.1　不同時期的聲母和典型變化

　　在近代時期中上海方言有幾個值得注意的聲母變化。

### 5.1.1　隨音節構造發生的齶化現象

　　從語音學的角度看，齶化是在世界語言中普遍發生的語言現象之一。而且，塞音弱化成帶有一些開放性的塞擦音或者擦音是發音過程中自然的音變（natural process）〔註1〕。

　　漢語的齶化是歷史上的演變現象。中古漢語音系中的精組和見組聲母分別被稱爲尖音和團音〔註2〕。尖音聲母是中古齒音，屬於精、清、從、心、邪五母，比如清、酒、雪等字。團音是中古牙音，屬於見、溪、群、曉、匣母，

---

〔註1〕Jeffers、Lehiste（1979）;Chomsky、Halle（1968）等。

〔註2〕團音和尖音的名稱最早出現於清代 1743 年《圓音正考》。在《圓音正考》中，在滿文尖音用尖頭字母來標記。團音用圓頭字母來標記。

比如輕、九、學等字。一般認爲在中古音系中這兩種音分別是 / ts、ts'、s / 和 / k、k'、h / 。漢語歷史上，前者經歷過舌面音化，後者經歷過塞擦音化和舌面音化。我們把這兩種現象稱爲漢語的齶化〔註3〕。對於漢語的齶化已經有了很多研究。其中根據《老乞大新釋諺解》和《朴通事新釋諺解》這兩本漢學書，一般認爲北方官話 17 時期末開始發生齶化，一直到 19 世紀完成（愼鏞權，1994；姜恩枝，2004）〔註4〕。

按 Norman（1988）的分類，中國北方和中部方言群都經歷過舌根音的齶化。屬於中部方言群的上海方言也在近代時期經歷了舌根音的齶化（舌面音化），而且現代上海話中已經尖團不分，我們可以說現代上海話的齶化已經完成。

我們參考傳教士的資料，在 5.1.1 考察 19 時期上海方言的齶化面貌。

參照考趙元任（1928）和許寶華, 湯珍珠（1988），我們能知道老派上海方言可以區分尖團音〔註5〕，而因爲在 i 或者 y 的元音前面，不出現 / k、k'、h / ，所以我們可以認爲牙音系列的齶化已經完成了。用表格表示如下。

表5-1　現代上海方言尖音和團音的變化

| 上海話 | 中古音 / 條件 ——→ IPA | |
|---|---|---|
| 老派 | 團音 k / i, y ——→ tɕ<br>尖音 ts / i, y ——→ ts | 姜≠將，邱≠秋，曉≠小，區≠趨 |
| 中派 | 團音 k / i、y ——→ tɕ<br>尖音 ts / i、y ——→ tɕ | 姜=將，邱=秋，曉=小，區=趨 |
| *北方方言 | 團音 k / i、y ——→ tɕ<br>尖音 ts / i、y ——→ tɕ | |

不過，在近代時期所有的傳教士記錄所有的資料中，我們只能發現 k、h 系列的音。

---

〔註3〕一般認爲齶化是[i]、[y]前面的非齶輔音受到[i]、[y]影響而產生的同化現象。所以不管音位層面還是音值層面，齶化是一種輔音同化，而且是逆同化。

〔註4〕其中《老乞大新釋彥解》和《朴通事新釋彥解》這兩本書十分注重時效性，所以能夠反映當時的北方漢語面貌（愼鏞權，2003）。

〔註5〕趙元任資料中的發音人是當時從 15 歲到 18 歲的青少年。基於這個事實，我們能判地判斷出這一資料反映的語言是老派上海話。

| 1853 | James Summers | 用 ky／ki、（kü）、hy／hi、hü |
|------|---------------|---------------------------|
| 1853 | Joseph Edkins | 用 ki、k'í、gí、h'i |
| 1862 | John Macgowan | 用 ki／kie、hi |
| 1871 | Benjamin Jenkins | 用 ki／kie、hi |
| 1899 | M.T.Yates | 用 ky、hy |
| 1900 | J.A.Silsby | 用 ky、hy |
| 1906 | W.H.Jefferys | 用 ky、hy |
| 1920 | Hawks Pott | 用 ky、hy |
| 1923 | R.A.Parker | 用 ky、hy |
| 1927 | Gilbert Mcintosh | 用 ky、hy |
| 1940 | Ho&Foe | 用 ky、hy |
| 1941 | A Bourgeois | 用 ki、k'i、ghi、hi |

但是他們都在 k 系聲母後標注了一個高元音：英國傳教士 Summers（1853：i）用 ky、hy 的標記來表示一種有區別性特徵的發音（distinct pronunciation）。他用 i 記錄單元音組成的音節，其它情況用 y：比如，ki-tŭ Christ、kõn-kín see、kyō call 等。Macgowan（1862）、Jenkins（186？）、法國傳教士 Bourgeois 都用「舌根音後加 i 元音」的形式記錄，其中 Macgowan（1862）、Jenkins（186？）中舌根音和單元音／i／組成的字，其元音 i 後面又加了一個 e 元音，例如：雞 kie。

除了 Jenkins 以外，所有的美國傳教士都用 ky、hy 表示舌面音，例如：kya、kyeu、kyi、kyui 等。我們通過他們在前言中的說明，可以知道這已經不是[k]：Yate（1899：viii）、Silsby（1900，1907）、Pott（1920）、Parker（1923）、Gilbert（1927）、George Ho（1940）等的美國學者都記錄說，「ky」音是一個很獨特的音（a peculiar sound），不能用英語的語音來對應〔註6〕，並且說英語 church 裏 ch 的發音去除送氣以後就是 ky 音。而關於 hy，大部分美國傳教士將其描述成 Portia 的 ti；Hoe&Foe 則描述成 ship 裏的 sh。

*ky is like「ch」in church without aspiration（Parker, 1923）*

---

〔註6〕ky-s peculiar sound which can not be represented by any English combination（M.T.Yate，1899:viii）.

*ky=ch in chuk with all aspiration eliminated*（*Pott, 1920, Gilbert, 1927*）

*ky chĭ    chink*（*Ho&Foe, 1940*）

*hy is nealry like ti in Portia-Union System*

*hy sh    ship*（*Ho&Foe, 1940*）

根據上述的說明，我們可以判斷在當時的上海話中，在前高元音前的舌根音已經齶化。

但是，有些學者在分析 Edkins（1853）描寫的音系時，對當時上海話舌根音齶化的完成與否有不同的看法。

本文在第 4 章已經提到，陳忠敏（1995：20）認為當時正處在舌面中音[c、c'、ç]的狀態〔註7〕，錢乃榮（2003：33）也認為是舌面中音[c]或較靠後的舌面塞擦音狀態。因為 Edkins（1853:2）在腳註中寫道，當他向當地人詢問「去」字的讀音時發現，「去」的標準讀音仍然為 k'i，但是外國人聽起來真實的聲音更接近於 c'hi，很明顯「去」是在 k'i 向 c'hi 過度狀態中〔註8〕。因為被調查人否認「chi」的讀音，所以 Edkins 指出這種情況是前高元音前面的舌根音變成舌面音的過渡狀態。即筆者認為 Edkins 所說的「過渡狀態」不是實際音值變化的過渡狀態，而是當時上海人對 k 音演變的認識狀態。

此外，錢乃榮（2003：33）將 Edkins（1853：57、58）的內容看成過度狀態的證據〔註9〕，Edkins 說當 k 在 i 前時，在高調系列中聽來像 t，在低調系列中則像 d 或 dj[dz]。錢乃榮（2003）認為這證明當時的 tç 系字尚保留著舌面中音。

而且按游汝傑（2010：195），老派的上海郊區的部分地區裏還存在舌面中

---

〔註7〕古見組、曉組在細音 i[i]或 ü[y]前聲母齶化，其聲母音值是舌面中音。原書第 z 頁 Pronunciation and Examples 裏的注腳有一段說明寫道，「去」聲母的讀音是 k'[kh]、c'hi[tç]之間的一個音（陳忠敏，1995:20）。

〔註8〕When a native is asked whther k'i'or c'hi' is the more correct pronunciation of 去 he replies the former. Yet the orthography by c'hi' seems to the foreigner more like the true sound. The fact is that the sound is in a state of transition from  k'i' to c'hi'（Edkins，1853:2）.

〔註9〕...initial K to be pronounced, when standing before I, like T in the upper series, and like D or DJ in the lower.

音和舌根音的對立：比如金山區有成套的舌面中音〔註10〕。

　　所以這些看法也很有道理。但是，本文要主要考慮 Edkins 描寫音值的部分。

　　首先，注意看 Edkins 說明當 k 在 i 前時，在高調系列中聽來像 t，在低調系列中則像 d 或 dj[dʑ]的部分。t、d 都是齒齦音，調音部位比較前面。雖然錢乃榮（2003：33～34）說明現代上海方言中的調音部位普通話更靠後，上海話中的舌面音的音值實際上比起英語的齶音／ʧ、ʧʻ／等來更接近於齒齦的位置。

　　第二，Edkins（1853:2）說明「去」字的讀音，聽起來英語的 chi[ʧʻ]，而這個音比起[cʻ]來更接近[tɕʻ]；同時 h 音也用英語的 sh[ʃ]音例說明，而這個音比起[ç]來也更接近[ɕ]。

> *h and h' a strong guttural aspirate, nearly equivalent to sh when occurring before í and ü, the superior comma will be used.*
>
> *hy somewhat like sh in should, but less sibilant, It is more like ti in initial.*

　　第三，根據慎鏞權（2003：234～235），在北方官話中／k、kʻ／的齶化快於／h／的齶化。上海方言中／k、kʻ／也很有可能比 h 更早發生齶化，那麼 h 的發音已經齶化了的話，ki、kʻi 也應該看作齶音。

　　那麼 Edkins 已經知道發音有差異，他們為什麼還要用 k 標記齶音呢？本文推斷當時被調查的上海人都認為恰當的發音是 k，所以 Edkins 在標記法上反映了這樣的看法。

　　清末時期的等韻學者勞乃宣寫的《等韻一得》值得參考。他在蘇州、廣平等地生活。所以一般學者認為他的音系從吳方言而來。他在內篇的母韻合譜中使用雙聲反切，但是在外篇的反切中使用見組聲母說明旁雙聲。據此我們可以知道當時勞乃宣認為洪音和細音前面的見系聲母的音值是不一樣的。這也能間接地說明牙音系列的齶化。但是，李汝真在《李氏音鑒》中批評了勞乃宣見系

---

〔註10〕c 郊澆糾　cʰ 丘慶吃　ɟ 喬求傑　ç 曉休畜　k 哥果夾　kʰ 苦墾擴　g 葵環軋　h 好喊喝等。游汝傑（2010：195）說明這些舌面中音有兩個變體：c = /tɕ c/; cʰ =/ tɕʰ cʰ/; ɟ = /dʑ ɟ/; ç = /ɕ ç/; ɲ = /n̠ ɲ/。

聲母的分類。他說這不是聲母的區別，而是韻母的差異。可見李汝眞認爲舌面音只是一種音位變體。雖然他知道見系聲母字內部分成兩類，但同時他又認爲這只是出現環境引起的區別，即他認爲兩個聲母有互補關係。

另外，以後的傳教士著作都仿傚 Edkins 或者傳統的寫法。但是除了 Edkins 以外，所有的傳教士在標記送氣齶音和濁齶音時都使用了獨立的字母。這裏需要補充的是在 Summers 的記錄中出現的「kʻŭ-sọ̣-tsz wanted、deficient in、hü̆-maˇ blood」等詞，看起來 kʻŭ 可能表示「缺」、hü̆ 是「血」〔註11〕，那麼在他的書上，送氣音除了 ch 形式之外，也使用 kʻ。但筆者認爲這不是音值的問題，而 kʻ 只和後接元音 ü 和組成的音節的標記方法有關係。因爲按 Summers 的標記原則，[i]元音和[y]元音常用特殊的標記。

因此本文推斷，由於送氣音位置上洪細音的差別更加顯著，而且和 ki 不同的是，英語中有相似的發音，所以送氣音用 ch 來標記，同理帶聲用 j 來標記。關於舌面音的研究從很早就開始了，比如從 Hartman（1944：28～42）、Hockett（1947：253～267）、Martin（1957：209～229）、Chao（趙元任，1968：21）到 2000 年代的 Duanmu San（2000）爲止，他們參考歷史上的演變，通過多樣的說明方式把舌面音視作音位變體〔註12〕。

其中 Sapir 說在把一個音看成一個音位時，重要的是話者對於那個音的心理距離。在過去的注音字母或現在的漢語拼音方案中以一個獨立的音位標記舌面音也是基於這樣的認識（perception）。研究傳教士資料時也需要參考這一點，當然標記法不是決定音位的唯一根據，但是通過標記法的變化我們可以間接觀察到記音人和被調查人的認識變化。所以本文在第 4 章構擬音系時，Edkins 的系統裏並沒有包括舌面音。

最後整理出傳教士資料中出現的送氣和濁舌面音的例子。

1853　James Summers　資料的字不夠

---

〔註11〕 這兩個是入聲字，Summers 用聲調表示入聲韻，所以這裏沒有入聲韻尾。

〔註12〕 另一方面，董同龢（1954）從歷史演變的角度上，鄭錦全（1973）等從生成音系學（generative phonology）的立場出發，認爲如果舌面音是音位變體的話，應該能通過一種規律來說明。但漢語的共時語音體系內不能導出其規律，所以本文認爲應該把舌面音看成音位。

送氣音 chì（rise up）chí（go away）

| 1853 | Joseph Edkins | k'í、gí |
|------|---------------|--------|

1862　John Macgowan　送氣音 起 che 去 che（go）

濁音 轎子 jau ts（chair） jûn 羣 jen 件 jen

舊 jeu（old）強 jang（cheap）舅 jeu（uncle）

1871　Benjamin Jenkins　資料的字不夠

濁音 件 jen'

1899　M.T.Yates　送氣音 邱 cheu（bad） 去 chi°（go）權 choen°

牽 chien（lead）

濁音 橋 jau（bridge）起 °chi（commence），強 jang

（cheap） 跪 °jui（kneel） 窮 jong（poor）

1900　J.A.Silsby　送氣音 邱 cheu 豈°chi 起°chi 氣 chi° 去 chi°

牽 chien 權 choen° 輕 chung

濁音 強 jang 橋 jau 轎 jau° 舅°jeu 舊 jeu° 其 ji

奇 ji 旗 ji 跽 °ji 件 jien° 權 joen 窮 jong

羣 juin 近 °jung

1906　W.H.Jefferys　送氣音　起 chi°（raise）去°chi（go）

濁音　舊 jeu°（still）忌 ji°（abstain）

1920　Hawks Pott　送氣音 起 °chi （begin） 豈°chi（interrogative

particle） 去 chi°（go）） 氣力 chi°-lih

（strength） 勸 choen°（exhort）輕 chung

（light） 去 chi°（go）

濁音 橋 jau（bridge） 求 jeu（pray）旗 ji（flag）

掮 jien（carry on the shoulder） 件 jien°

（classifier） 極 juh （forms superlative

degree） 近°jung（near） 橋 jau（bridge）

跽 °jui（kneel）強 jang （cheap）

1923　R.A.Parker　送氣音　去 chi

濁音　舊 jeu

1927　Gilbert Mcintosh　送氣音 去 chi（go）

濁音 舊 jeu 橋 jau（bridge）　強 jang（cheap）

件 jien（piece）近來 jung-l（recently）

轎子 jau- ts（sedan chair）　裙 juin（skirt）

1940　Ho&Foe　送氣音 去 chi'（go）　起 chi（begin）

天氣 thien chi'

濁音 舊年'jeu nyien（last year）件 jien'（classifier）

其餘 ji yui（other）　近來西 'jung lesi（quite

near）

1941　A.Bourgeois　k'i、ghi

其中可以發現幾個字比較特殊：

邱 cheu ⎫
權 choen ⎬ 沒有 i、y 元音
輕 chung ⎭

橋 jau ⎫
轎 jau ⎪
求 jeu ⎪
舊 jeu ⎬ 沒有 i、y 元音
強 jang ⎪
窮 jong ⎭

件 jien ——— Macgowan（1862）、Jenkins（186？）記錄 jen

跪 jui ⎫
跽 jui ⎬ Yate（1899）、Pott（1920）裏出現 [y]
裙 juin ⎭

近 jung ⎫
極 juh ⎬ 沒有 i、y 元音

這裏注意到的是聲母後面會出現 i 元音消失的現象。現代上海話而言，齶化字比如許多見母二等字如「家」文讀爲 jia，白讀爲 / ka / ，卻沒有 / kia / 這樣的音節。所以從音節結構上看，我們相信上海方言中的 / k、k'、h / 的後面不能跟 / i、y / 讀。所以我們會判斷在上海方言中 / i、y / 的前面，/ k、k'、h / 變成 / tɕ、tɕ'、ɕ / 這一齶化現象。

但是，「權 choen、輕 chung、強 jang、窮 jong」等字中他們並沒有標記前高元音 / i，y / 。那爲什麼會有這些例外呢？筆者認爲這跟音節結構有關係。因爲齶化音 j 的後面都有 i 介音，所以這個 i 介音沒有音位上的價值，因此可以說美國傳教士資料裏除了 i 元音是主要元音的情況以外，其它時候的 i 介音都被省略了。而且章組字也標記 ch，但是戴韻尾-n 和-ng 的聲母只是舌面音聲母。

總而言之，本文認爲近代時期上海話的舌根音齶化已經完成了，用表格整理如下：

表 5-2　十九世紀上海方言的舌根音

| 中古音 | | | |
|---|---|---|---|
| 見 k | 溪 k' | 羣 g | 曉 x |

$$\Downarrow$$

| 19 世紀　上海話方言 | | | |
|---|---|---|---|
| k / 洪音 | k' / 洪音 | g / 洪音 | x / 洪音 |
| tɕ / 細音 | tɕ' / 細音 | dʑ / 細音 | ɕ / 細音 |

## 5.1.2　濁喉擦音的弱化和其它濁聲母的變化趨勢

現代語音學一般認爲，現代吳語中普遍存在的濁音 VOT 並小於零，所以並不是眞正意義上除阻前聲帶振動的濁音。所謂的濁喉擦音ɦ在發聲時，聲門一部分打開並負責送氣，另一部分關閉並負責摩擦，所以從發聲方法看它並不是單純的帶聲（voiced），而是氣聲（breathy）。而其它的濁塞聲或擦音在元音段的前半部分也會有一段ɦ段。例如「大」標記爲 / du / ，但它的實際發音應該是清塞音加上一段濁送氣的[tɦu]。這是整個吳語區的共同特徵，所以有學者以此作爲中古漢語濁音送氣的依據。而另一個在上海和其它部分吳語區

出現的現象是，有許多人在發這些「送氣濁音」時實際的送氣性已經不強，或者完全消失了。所以其它人聽起來就跟清不送氣音一樣，只是聲調較低罷了。這種弱化的現象在現代的上海話中已經相當嚴重，但它何時開始暫時還沒有學者研究。

現在先僅從喉部的三個輔音 h、ɦ、ʔ 來看。從本文的資料中看，最早的 Summers（1853）中並 h 和ɦ實際上是無法區分的，都用「h」來標記；而ʔ則以零標記的形式獨立。Edkins（1853）裏 h 用 h 表示，ɦ用斜體的 h 表示，ʔ以零標記形式表示，三者互相獨立。但是到了 John Macgowan（1862）中出現了變化，h 依舊用 h 表示，但喉部濁擦音ɦ並沒有用任何標記，如「哪裏」的「哪」標記成 a，「和」標成 oo，完全和ʔ相混。之後的 Jenkins（186？）、Yates（1899）、Silsby（1900；1907）、Pott（1920）、Parker（1923）、Mcintosh（1927）中都把 h 用 h 表示，ɦ用 ' 表示（1900 年的 Silsby 書中有一些字用 h 表示），ʔ用零標記形式表示。

在對 ' 進行解釋時，普遍認為這是一個元音開始的音節，用 ' 只表示一個低調。這一方面說明，ɦ輔音的送氣段已經大幅弱化，以至於非母語者已經難以辨別，而另一方面，雖然其它學者說不出這究竟是個什麼音，但至少他們也感覺到這個帶ɦ輔音的元音要比普通的元音多一些什麼。Ho&Foe（1940）則將ɦ和ʔ完全處理成了聲調上的差異。但是到了 Bourgeois（1941）把 h 用 h' 表示，ɦ用 h 表示，ʔ用零標記表示，ɦ又重新和 h 關係密切起來，這顯得有一些奇怪。

而在其它調音部位上，絕大部分的資料中都用到了不送氣清音，送氣清音和濁音三套字母標記上海話中的三套輔音，唯一的例外是 Macgowan（1862），他把濁音一套全都併入了不送氣清音類。

下面把濁音情況綜合起來看：

表 5-3　各時期的濁音標記

| 著　作 | [ɦ]的標記 | 從標記上看[h]、[ɦ]、[ʔ]之間關係 | 除[ɦ]以外濁音的標記 |
|---|---|---|---|
| 1853　James Summers | h | h、ɦ相同 | 濁音 |
| 1853；1869　Joseph Edkins | h | h、ɦ接近 | 濁音 |
| 1862　JohnMacgowan | ∅ | ɦ、ʔ相同 | 不送氣清音 |
| 186？　Benjamin Jenkins | ' | ɦ、ʔ接近 | 濁音 |

| 1899 | M.T.Yates | ' | ɦ、ʔ接近 | 濁音 |
|---|---|---|---|---|
| 1900 | J.A.Silsby | ' | ɦ大部分和ʔ接近（一部分和 h 相同） | 濁音 |
| 1906 | W.H.Jefferys | ' | ɦ、ʔ接近 | 濁音 |
| 1907 | J.A.Silsby | ' | ɦ、ʔ接近 | 濁音 |
| 1920 | Hawks Pott | ' | ɦ、ʔ接近 | 濁音 |
| 1923 | R.A. Parker | ' | ɦ、ʔ接近 | 濁音 |
| 1927 | Gilbert Mcintosh | ' | ɦ、ʔ接近 | 濁音 |
| 1940 | George Ho、Charles Foe | ∅ | ɦ、ʔ相同 | 濁音 |
| 1941 | Albert Bourgeois | h | h、 ɦ接近 | 濁音 |

可以發現，這其中比較特殊的是 Macgowan（1862）和 Bourgeois（1941）。Macgown（1862）記錄的情況看起來更像是 20 世紀後半葉以後的上海話，濁音的送氣性減弱，聽起來就和不送氣清音一樣了。這可能是其選取的發音人是在當時語音系統發展較快的，反應了當時正興起的濁音氣流弱化的新趨勢。而 Bourgeois（1941）的記錄則和 19 世紀中葉 Edkins 的系統一致，如果沒有故意模仿的因素存在的話，則應該是其選取的發音人是在當時語音系統發展較慢的，反映了保守的強送氣的濁音系統。濁氣流的弱化是一個連續變化的過程，有些文獻反應出的情況比平均水平快一些或慢一些都可以理解。

這樣，從本文中的材料看，上海話中濁音的氣流弱化現象最晚在 19 世紀 60 年代開始，其中喉擦音ɦ弱化最明顯。當濁音的送氣性強烈時，西方聽者無法在其母語中找到一個完全相同的音來對應，於是基於其和真濁音音高都較低的特點，將其描寫成濁音。而當送氣性變得沒有那麼強時，在他們耳中就和不送氣清音差不多了。本文的材料中，絕大多數直到 20 世紀 40 年代還記錄爲濁音，說明當時除ɦ外的濁音還保持著相當的送氣性。

## 5.1.3　內爆音的地位

內爆音也就是通常所說的「縮氣音」。據錢乃榮（2003：38），它具有以下幾個特點：1. 發音時帶有喉塞音成分；2. 有「縮氣」的動作；3. 伴隨著鼻音；4. VOT<0，並且喉頭下沉。

據朱曉農（2010:218），內爆音的發音方法如下：比如發 'b 時，首先雙唇

成阻，聲帶振動；然後降低喉頭，使口腔內氣壓降低；最後雙唇除阻，由於此時口腔內氣壓小於口腔外氣壓，所以氣流從外向裏倒吸，於是有了「縮氣音」的感覺。有一點可以肯定的是，內爆音或者說縮氣音一定是一個振動聲帶的眞濁音。

錢乃榮（2003：37～38）認爲，上海話中的一部分屬於清不送氣聲母類的字，也就是中古幫、端母字，原來的聲母都是內爆音，直到 1940～1969 年才從主流中消失。他的證據有兩個，一是 Edkins 記到了高調中讀濁音的現象，如「端、短、斷、對、答、耽」的聲母記過 d（Edkins，1853：40）〔註13〕。二是趙元任（1928）說：「本書中所謂舊派恐怕已經是混合派，眞正的舊派，大概還能辨全濁上去、'b、d' 兩母用眞濁音」，錢乃榮（2003）認爲這段話說明在 20、30 年代時上海還有不少老年人還在讀縮氣音。直到 80 年代，還有個別上海老人的口中存在著內爆音。

從本文掌握的資料看，在前面有作者自己音系整理的幾部著作中，Summers（1853）、Edkins（1853）、Yates（1899）、Pott（1920）、Parker（1923）、Mcintosh（1927）等都沒有提到書中 p、t 有發成濁音或者伴有縮氣動作等特殊現象。而在正文中，中古幫、端母在西洋傳教士的筆下絕大部分情況都是統一 p、t。當然錢書所說的 Edkins 有將應該記成 t 的字記成 d 的現象並不能忽略。陳忠敏（2008）提到，按 Edkins 書 40 頁的例子，古幫端母擬爲 先喉塞音（pre-glottalized stop）[ʔb、ʔd]〔註14〕。但這一現象仍存在著一些疑問。首先，出現的字數和絕對次數看起來並不是很多。其次，據朱曉農（2010：216～217），從世界上有內爆音的語言來看，'b、'd 和'g 這三個內爆音中'g 的出現頻率最低，而'b 的出現頻率最高，這一點可以從實驗語音學上得到解釋。因爲發軟齶音的時候口腔的空間最小，往往不足以達到內爆音所要達到

---

〔註13〕其中「斷」應爲定母。

〔註14〕古幫端母應分別爲先喉塞音（pre-glottalized stop）[ʔb、ʔd]。Edkin 原書雖然沒有明確指出這一術語，但他在書 40 頁有一段話：端、短、斷（決斷）、對、答、耽:dön dön dön' dé' deh deu' dén 聲母是眞濁音，但聲母卻配高音調。可見他已注意到這一不同尋常的音類。參照今市區老派及附近松江片方言古幫母、端母的讀音，上述幾個端母字的先喉色音的色彩正好是比較濃的，所以古幫、端母擬爲[ʔb、ʔd]（陳忠敏，2008：19）。

的能使氣流從外向裏倒吸的內外氣壓差。而發雙唇音的時候口腔的空間最大，要形成充分的內外氣壓差的空間條件更爲充分。所以'b 應該是最基本的、最容易出現的內爆音。如果當時上海話中的內爆音是成系統的話，爲什麼在 Edkins 的記錄中只有 t＞d 的現象，而沒有 p＞b 的現象呢？

　　這個問題目前似乎還不太好解釋。所以當時 Edkins 聽到的上海話音系中，內爆音應該只是零散而偶然地出現，並不是成系統、占主流的。趙元任（1928）的這段話，也是反映了相同的情況。他說「本書中所謂舊派恐怕已經是混合派」，說明他當時聽到的上海話中內爆音也並不成系統，所以他才會推測之前眞正的「舊派」中，內爆音應該是成系統出現的。總而言之，內爆音從 19 世紀中葉一直到 20 世紀 80 年代，一直零星地存在於上海話中，並且出現頻率不斷降低。而內爆音成系統地在上海話中存在，則至少是在 19 世紀以前。

## 5.2　不同時期的韻母和典型變化的例子

### 5.2.1　元　音

　　首先我們可以看到，現代上海方言的元音集中於前舌元音（i、ɿ、ʮ、ʅ、ø）和圓唇元音（ɔ、o、u）。傳教士記錄的元音的情況也很相似。但是[ɑ]和[ɤ]是後舌不圓唇元音。前者在傳教士文獻中都對應英語 arm、father、far 等中的 a[ɑː]，許寶華、游汝傑（1984）的老派音系和趙元任（1928）的資料裏也都被記爲[ɑ]，所以本文也構擬爲[ɑ]。

　　另外，Summers（1853）和 Jenkins 把[ɤ]音記成 ạ 和 u；其它美國傳教士都記錄爲 eu；法國傳教士記錄爲 eû。另外，Summers 說這個音是英語 gun[ʌ]或者 cur[əːr]的發音，考慮到英國英語中中央元音／ə／在發長音時舌位會升高，通過這些說明我們可以推斷 Summers 想表達的音也是[ɤ]。

　　所以本文掌握的傳教士資料中共同具有的單元音如下：

表 5-4　近代上海方言的元音

| ɿ | ʮ |
|---|---|
| i | y |

| e | ø |
| --- | --- |
| ɑ | |
| ɔ | |
| o | ɤ |
| u | |

下面將此表和趙元任（1928）的資料進行比較。其中他說當時舊派的該、海、胎、荄等的中古屬於蟹攝泰韻和咍韻開口呼字讀成 e，混合派和新派的讀成[E]和[e]，在傳教士資料中統一記錄爲[e]，如（Edkins，1853：hé）；（Union System：he）〔註15〕。這說明 1940 年代上海方言的前舌半高元音[e]正在向中元音[E]變化的過程中。趙元任的記錄是 1920 年代的，但是他找的新派被調查人都是當時的高中生，所以我們可以推斷變化的時期應該是 1940 年代（老派上海話）。

此外，一般近代上海方言的[ɑ]都標寫成央低元音[A]。而且不圓唇後元音只有一個音位變體[ɤ]，但是根據錢乃榮（2003：21），還應該存在另一個音位變體[ə]。

## 圖 5-1 上海方言的元音變化圖

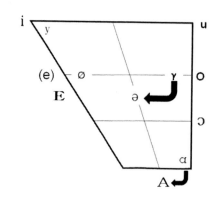

----

〔註15〕Edkins（1853：54）說 é 很像英語 there、where 的 r 前的 e 或者蘇格蘭語的 sae、nae 等，而有的人發音好像英語的 cake、same 等詞中的 a，「來」、「海」兩字經常聽到這種讀音。而美國傳教士都用 prey 的例子說明，即用後面有 i 元音的字來說明。另外，Macgowan（1862）和 Bourgeois（1941）裏記錄爲 hay 和 hai。本文判斷音變時，不考慮 Macgowan（1862）的記錄，但一般傳教士資料裏的 e 都用/eɪ/表示。通過這些事實，我們可以推測當時上海話的「來」、「海」字的 e 後面有很微少的 i（ɪ）滑音的成分。但是本文參考現代上海方言的情況還是構擬爲[e]，具體有沒有 i 滑音的成分，這有待以後繼續研究。

上海方言的前後圓唇元音的傾向很強，而且其中保持不圓唇性的後舌元音現在有前舌化的發展傾向。這樣的話，元音系統上可以用拉鏈（drag chain）來解釋上海方言的元音變化。所以本文推測因爲[e]已變成[E]，所以拉動了[ɑ]變成[ʌ]，然後和[ɑ]一樣爲後元音的僅存的不圓唇元音也跟著變成了央元音。

第二，現代上海話沒有前響復合元音（falling diphthong），傳教士記錄的近代上海方言的情況也一樣，傳教士資料裏沒有前響復合元音，而只有後響復合元音，比如：ie、 iɑ、ɔi、iɤ、iu、ue、uɑ、uo 等。

第三，鼻音尾韻母有值得注意的部分。其中跟老派上海話比起來，可以觀察到 ien 變成了[i]。按 2 章的目錄數字爲準整理如下：

表 5-5 ien→ iɪ 的變化

| | ② | ③ | ⑤⑥⑦⑧⑨⑩⑪⑫ | ⑬ |
|---|---|---|---|---|
| iɪ | íen | en | ien | ié |

這個音的變化可以說是幾個方面的因素造成的：一是[iɪ]（煙）和[i]（衣）混讀爲[i]的地區是在杭州灣一帶，上海市區本來正處於[iɪ]（煙）和[i]（衣）分混的分界線上偏向分的一邊；二是浙江來滬的人口中，寧波人占相當高的比重，而寧波話屬於兩類相混的方言，所以這樣的變化可以說是一種自然的結果。[iɪ]、[i]兩類分混的分佈情況參見許寶華等（1993：26）。

石汝傑（1995：248）指出韻母 ien 在現代上海讀爲[i]，不僅脫落了鼻音，連主元音也沒有了。Edkins 用長音表示該韻母的介音，說明這個元音已經變長，不太像介音了，同時也證明這時的韻母已經處於 ian→ien→íen→íe→í 這一變化過程的中間階段。

另外，Bourgeios（1941）記錄的是徐家匯一帶的變化比較慢的上海方言資料。他是法國人，所以沒有對音節末的 n 進行標記，而其它傳教士都記錄了 n 韻尾，但是其中 Edkins 用斜體 n，美國傳教士都記錄韻尾 n，但是他們前沿上說明其音值不是眞正的 n。所以我們能判斷近代時期 n 韻尾已經經歷過消失的過程。見下面的表格：

表 5-6 n 韻尾的消失

| | ② | ③ | ⑤⑥⑦⑧⑨⑩⑪⑫ | ⑬ |
|---|---|---|---|---|
| yø | iön | yön | yoen | yeu |

我們能判斷近代時期上海方言經歷過 n 韻尾的消失階段。

## 5.2.2 前後鼻音的對立與否

先來看一看現代上海方言中的陽聲韻的情況（據錢乃榮 2003：20）：

表 5-7　現代上海方言的陽聲韻

| Ã 硬杏方雙 | iÃ 將羊亮鄉 | uÃ 荒王廣逛 | |
|---|---|---|---|
| ən 根恒能春 | in 丁今清民 | uən 困昏滾魂 | yən 君允雲訓 |
| oŋ 功龍中翁 | ioŋ 榮窮兄濃 | | |

我們可以看到，現代上海方言中的陽聲韻可以分成三組。其中收後鼻音韻尾的韻有[oŋ]和[ioŋ]兩個。另一方面，鼻化韻[Ã]、[iÃ]、[uÃ]從來源上看都出自於中古的舌根鼻音韻尾韻，所以從音系的角度上看也可以視為後鼻音。最後是[ən]、[in]、[uən]、[yn]這幾個前鼻音韻。從來源上看，它們中的一部分來自中古的舌尖鼻音韻尾韻、而另一部分來自中古的軟齶鼻音韻尾韻；從調音位置上看，它們在發完元音後舌尖並不往上抵住齒齦，而是用舌面去靠硬齶，以此來形成阻礙。所以把這一組稱作中鼻音更切當。這樣，現代上海話中其實只有一個鼻音韻尾音位，在與前高元音[i]、[y]和央元音相結合時實際發音變體為舌面鼻音，在與後元音[o]和低元音[A]結合時實際發音變體為舌根鼻音。也就是說，前後鼻音是互補分佈的條件變體關係，而不是兩個獨立的音位。

在更早的上海話中，鼻化韻母[Ã]可以分成兩個：比如，Edkins（1853）裏記錄 áng[aŋ]和 ong[ɒŋ]〔註16〕；美國傳教師記錄 ang[aŋ]和 aung[ɔŋ]〔註17〕。但是，這並不影響一個鼻音音位的格局。主要的問題出現在現代上海方言中的[ən]、[in]、[uən]、[yn]等這幾個中鼻音韻，它們在早些的時候是不是按照

〔註16〕áng[aŋ]：「朋碰鬆棚繃方打宕長賬仗帳張章爭昌腸丈場常生甥省尚上慶更羹硬坑哼項行娘良糧亮雨梁量漿將搶檣牆相想箱詳象像匠強鄉響香向樣羊養烊揚伴陽洋橫鄉」等字

　　　　ong[ɒŋ]：「幫防網夢望忙忘放紡方房忘當擋檔燙湯蕩堂糖狼朗榔郎上莊壯葬裝唱窓藏撞霜爽裳尚扛綱缸江講行杭旺廣光晃荒況黃鳳皇煌往汪王」等字

〔註17〕其中 Hoe&Foe（1940）的標音裏脫落[ŋ]的發音。

中古的情況分成前鼻音和後鼻音兩類，如果是這樣的話，前後鼻音韻尾就會在前高元音和央元音位置形成對立，兩者就不再是條件變體的關係，而是兩個獨立的音位。

錢乃榮（2003：24）認為，上海話直到 19 世紀中葉還分前後鼻音韻。他說：「上海話比其它吳語發展之後的又一個表現是到 19 世紀中葉還分前、後鼻音。」其依據是 Edkins（1853）的上海話記音和法國傳教士 George. Ernest. Morrison 1883 年在徐家匯土山灣出版的《Leçons ou Exercices de Langue Chinoise Dialecte de Song-kiang》〔註18〕一書中記錄的上海徐家匯地區的音系。

我們先看 Edkins （1853）中陽聲韻的情況：

表 5-8　Edkins（1853）中陽聲韻

| yn 訓 | | iŋ 心循釘親 |
|---|---|---|
| ẽ 半船善全 | iẽ 選便騙錢 | uẽ 官完歡灣 |
| æ̃ 但簡三煩 | iæ̃ 念 | uæ̃ 關慣 |
| aⁿ 張生宕行 | iaⁿ 強兩搶想 | uaⁿ 橫 |
| õ 端杆岸看 | iõ 權怨願卷 | |
| œ̃ 算 | | |
| ɒⁿ 雙夢江 | iɒⁿ 旺 | uɒⁿ 光黃慌況 |
| ʌnŋ　根身尊辰<br>　　曾成勝亨 | iʌŋ 勤銀近今 | uʌn 滾捆穩昏 |
| oŋ 松銅風儂 | ioŋ 窮用 | |

Edkins（1853:55）說 in 的 n 實際發音會變成 ng，但是 un 的 n 發音是 un 或者 ung：比如，銀 niun（g）、盈 yung，勤 kiun（g）、橥 zun，神 zun（g）、繩 zung，林 ling、靈 ling，貧 ping、平 ping，金 kiun（g）、京 kiung。

美國傳教士記錄的（Union system）的陽聲韻如下：

〔註18〕徐家匯土山灣出版，一般認為著者是 George. Ernest. Morrison（1862-1920），但是他是澳大利亞出生的英國國籍的人。他被稱為 Chinese Morrison，他以旅行家的身份出名，所以筆者認為這本書不是他寫的。此書的真正著者還有待考察。

表5-9　美國傳教士記錄的陽聲韻

| hyuin[yn] 燻 | | iŋ 心新星 |
|---|---|---|
| en[ẽ] 牛暗船 | yen[iẽ] 甜便點 | wen[uẽ] 管官 |
| an[æ̃] 懶傘慢三 | yan[iæ̃] 念 | wan[uæ̃] 關 |
| ang[aŋ] 朋生行硬強 | yang[iaŋ] 兩想 | uang[uaŋ] |
| oen[ø̃] 乾看算勸 | yoen[iø̃] 怨願 | |
| aung[ɔ̃ŋ] 堂房常雙 | yaung[iɔŋ] | waung[uɔŋ] 光黃 |
| ung[ʌŋ] 分根身深輕 | yung[iʌŋ] 今金鏡 | wung[uʌŋ] 滾睏穩 |
| oong[oŋ] 重銅動 | yoong[ioŋ] 用容 | |

他們按下面的規則整理。

*a)*　*an,en,ien,oen,in which the n is not sounded, but lengthens out and imparts a nasal quality to the preceding vowel*

*b)*　*ang,aung,oong,ung,and iang, in which ng has the value of ng in song*

*c)*　*uin, in which n is sonant and has a value varing between n and ng*

其中n韻尾已經消失，轉變成為元音的鼻化性；而ng仍然有音值。

跟Edkins（1853）比起來，美國傳教士資料裏用灰色標出的部分有區別：即 ɒŋ 和 ʌŋ 的差異。這應該是英國英語和美國英語音系的差異造成的，所以本文認為實際音值上沒有差異。

當時的鼻化韻比現代上海話多許多，但是鼻化元音的主元音並有和[n]韻尾或者[ŋ]韻尾衝突，所以並不影響鼻音音位的格局。但是在[ʌn]和[ʌŋ]之間，還有在[iʌn]和[iʌŋ]之間出現對立，此書中的[ʌ]元音也就是[ə]元音。深、臻攝的主元音一般認為是央元音[ə]，在後面再加上一個舌尖的鼻音韻尾，按理來說主元音不應該變成後元音[ʌ]。所以當時這個元音的實際音值應該是[ə]，而不是傳教士所標記的[ʌ]。這裏因為西洋作者受到其母語的影響，所以標記和實際語音之間出現了偏差。[ʌŋ]、[iʌŋ]、[iŋ]之間的對立實際上就是[əŋ]、[iəŋ]和[iŋ]之間的對立。參考趙元任（1928），當時還有[iəŋ]和[iŋ]的對立。現代上海方言[iəŋ]和[iŋ]已經合併了。

法國傳教士 Bourgeois 的陽聲韻記錄有點複雜，整理並參考現代法語元音的發音構擬如下：

表 5-10　法國傳教士 Bourgeois 記錄的陽聲韻

| in[yn] 尋信 | | ing[iŋ] 聽淨定平姓明 |
|---|---|---|
| eng[əŋ] 登正能 | yeng[iəŋ] 應 | |
| è[ɛ] 辨慢三間念 | iè [iɛ] 點前 | |
| é[e] 半 | ié[ie] 便天篇 | |
| ang[aŋ or ã] 生 | iang[iaŋ or iã] 相兩 | oang[uaŋ or uã] 光 |
| eu[ø] 看端 | yeu [iø] 院 | |
| oen[uən] 婚綑 | | |
| aong[ɔŋ or ɔ̃] 幫賞講放當忙 | | waong[uɔŋ or ɔ̃] 妄 |
| en [ən] 分們根 | ien [iən] 今 | |
| ong[oŋ] 懂動重紅中儂 | yong[ioŋ] 用 | |

　　總體來說，主元音是 o 的話，ng 韻尾能夠比較穩定地保持。但是，元音 a 或者 ɑ 來的的話，ng 脫落，變成元音的鼻音化成分。而且會觀察有些鼻化字消失鼻化性。

　　參考錢乃榮（2003：12、13）構擬的法國傳教士 George. Ernest. Morrison（1883）中陽聲韻的情況再整理如下：

表 5-11　1883 年法國傳教士記錄的陽聲韻

| yn 裙雲訓 | | iən 今金近緊 | iəŋ 經輕行經 |
|---|---|---|---|
| in 尋辛心鄰 | iŋ 聽病停另 | | |
| eã 量良涼兩 | | | |
| ən 針準春盆 | əŋ 凳能症聖 | | uən 昏困滾悃 |
| ã 睜生打賬 | | iã 將相薔醬 | uã 橫 |
| ɔ̃ 床爽堂 | | iɔ̃ 旺 | uɔ̃ 廣黃黃 |
| oŋ 紅銅公鍾 | | ioŋ 兄胸雄濃 | |

　　上表在構擬方法上跟錢乃榮（2003：12、13）有差異，也就是說當時徐家匯地區音系的陽聲韻情況和上海市區的方言不盡相同，不過兩者都在[ən]和[əŋ]、[in]和[iŋ]、[iən]和[iəŋ]之間存在著對立。

　　不能區分前高元音[i]和央元音[ə]後面的前後鼻音的現象在吳語中出現得很早。明代的沈寵綏《度曲須知》中說：「緣吳俗庚青皆犯眞文，鼻音並收舐

齶，所謂兵、清諸字，每涸賓、親之訛，自來莫有救正。」〔註19〕沈寵綏是
江蘇吳江人，「自來莫有救正」說明當時至少在靠近上海的北部吳語區分不清
庚青韻（後鼻音）和眞文韻（前鼻音）已經很長時間了。現代上海周圍的各
個方言包括吳語和江淮官話中都不能區分[i]和[ə]後面的前後鼻音。在 George.
Ernest. Morrison（1883）之前的《何典》、Summers（1983）等著作中的上海
方言[i]和[ə]後面的前後鼻音全都相混，而 George. Ernest. Morrison（1883）的
音系前後鼻音間卻如此整齊，顯得十分特殊。

## 5.2.3 入聲韻尾

現代上海方言中只有一個入聲韻尾-ʔ，但在西洋傳教士的著作中卻存在
著兩個韻-k、-ʔ。大致-ʔ韻尾對應中古的咸攝字和深攝字（中古-p 韻尾），還
有山攝字和臻攝字（中古-t 韻尾）。而-k 韻尾對應中古的通攝、江攝、宕攝、
梗攝和曾攝字（中古-k 韻尾）。

據錢乃榮（2003：25～29，67），上海市區到了第二期（1900）時已經只剩
下-ʔ一個入聲韻尾了。理由是除了 Edkins（1853）和 Macgowan（1862）外，「19
世紀的另外幾本書都沒有記出-k、-ʔ」。

但在本文掌握的材料中，Summers（1853）、Edkins（1853；1869）、Macgowan
（1862）、Jenkins（186？）、Yates（1899）、Silsby（1907）、Pott（1920）、Parker
（1923）、Mcintosh（1927）、Ho&Foe（1940）等的記錄中都存在著-k、-ʔ兩個
入聲韻尾。其中 Yates（1899）到 Mcintosh（1927）的聯合標記法上一直延續
著九個入聲韻的系統，它們分別是：

a[ɑ] k ok iak

a[æ] h eh ih auh iuh oeh uh

本文爲了全面瞭解當時的入聲韻尾情況整理了所有傳教士資料的入聲韻
尾。劃線的字是可以兩讀的字。標灰色的字是中古帶-k 韻尾的字。

首先，Edkins（1853）裏出現的所有的入聲字如下〔註20〕：

---

〔註19〕沈寵綏《度曲須知‧收音問答》，《中國古典戲曲論著集成》（五），221 頁。

〔註20〕參考游汝傑（1998：109）和石汝傑（1995：249，250）。

表 5-12　Edkins（1853）的入聲韻尾

| | a[æ]h 八搭閘狹阿 |
|---|---|
| | iah 略甲捏 |
| | wah[uæʔ] 括挖 |
| á[ɑ]k 百陌濕石著若格額 | áh 伯魄白麥屄尺濕石客嚇 |
| iák 略腳瘖約藥 | iáh 掠腳學藥約 |
| | wáh 劃 |
| | eh 末佛答脫雜侄說鴿合搿貼 |
| | weh 活骨闊忽 |
| | ih 筆鼻密敵力立列接七熱葉貼 |
| uk 百（文）忒赤識直刻 | uh 百（文）墨得則織色識賊隔黑 |
| iuk 即力吃逆 | iuh 剔力（又讀 lih）吃極逆易益即 |
| ok 薄木托作角瘖學國落各 | oh 箔服度樂捉昨各角覺惡國學落逐 |
| og 昨 | who 或國 |
| wok 椰 | óh 北木目督獨讀六足軸叔國惑逐 |
| ók 薄木目服讀鹿築速角獨 | ióh 曲局肉欲 |
| | wóh 或 |
| iók 玉褥獄 | öh 掇脫奪說喝 |
| | iöh 椅缺掘月越 |

　　Edkins（1853：56）說明有時 uk 和 ák，ok 和 ók 互相換用。所以-k 韻尾字裏同一個字的發音有時不同。

　　游汝傑（1998）把塞音韻尾按韻類的關係進行了分析，指出參考 Edkins 所記的韻尾情況，當時上海話的 k 韻尾與元音的關係很密切：收 h 尾〔註21〕的字元音是 i、ɪ、ə、e、ø、æ〔註22〕；收 k 尾的元音是 ɔ 和 a。ɔ 和 a 是後低元音。因爲後低元音發音時口腔和喉部展開度比較大，發音結束後接上一個舌根塞音較方便，所以游汝傑（1998：108）判斷從音理上看，Edkins 的記錄是可信的。

　　游汝傑（1998）指出的 15 個字（角、落、國、目、木、吃、讀、薄、各、腳、縮、約、獨、學、石）外，還可以發現「力、識、百、略、約、濕」等字是韻尾兩可的字。

〔註21〕h 的實際音值應該就是喉塞音ʔ，也即今吳語入聲韻尾的讀音。

〔註22〕按本文的構擬：i（i、ɪ）、ʌ（ə）、e、ø、æ。其中/ʌ/其實是/ə/，這在上文已經提到過。

而游汝傑（1998：109）從「詞彙擴散理論」來考察，主張這些 k 和 h 韻尾兩可的字，可以看成正處於變化中的字。

Edkins 說，陰入音節中在 ɑ、ɔ、o、u 後有-k 尾，在其它元音後則聽不到這個 k。通過他的說明，我們會判斷 k 和 h 發音有區別。

他還說，其它一些方言裏有 k、t、p 結尾的入聲韻母，但在上海話裏只有 k 了。這個韻尾齣現在陰調音節前是 k；在低調音節（尤其是 z、d 聲母字）前是 g [註23]。

本文認爲 Edkins（1853）中，k 和 h 韻尾已開始混淆合併，證據是：書中有好多成對的入聲韻母（如 ɑ́h 和 ɑ́k，uh 和 uk，oh 和 ok，óh 和 ók），它們之間的不同只是-h 和-k 兩類韻尾的，我們已經整理了這些兩讀的字。

但是，Edkins 記錄的當時上海話裏這兩個韻尾在實際的讀音上確實是存在著不同的。當時上海方言中實際上仍然有-k、-ʔ兩個入聲韻尾。所以可以認爲這些成對的韻母是互爲變體的，並不能眞正區別意義。

更加一點，帶 k 韻尾的一類中「射」字比較特殊，這字在《廣韻》裏屬於假攝。但今吳語裏也有入聲一讀（游汝傑，1998：109）。

一般美國傳教士都同一個入聲字只用一種韻尾。

Jenkins（186？）的入聲韻如下。12 個中 2 個字兩可讀。

表5-13　Jenkins（186？）的入聲韻尾

| ak 阿白腳隻 | ah 壓蠟襪隻 |
| | æh 勿垃沒物末 |
| ōk 穀六木肉宿 | öh 渴 |
| uk 極得個 | uh 個 |
| | ih 歇一 粒蜜日筆鐵（鐵）七 |

雖然例子很少，我們會判斷大部分的字只用一種韻尾，但是「隻 tsak、個 kuk」這兩個字出現過一次-h 韻尾的記錄（分別在第 35 頁、第 10 頁）。這裏比較特殊的是「個」字：「個」是中古果攝字，沒有入聲字。但是它在現在的上海話裏也有後塞韻尾，說明這個讀音另有來源。

另外，值得注意的是此書是手抄本，其中「襪（襪）」字的韻尾有修改的痕

---

[註23] 但是，Edkins 實際上很少用 g 尾。

跡，見下圖：

圖 5-2 k → h 修改的痕跡

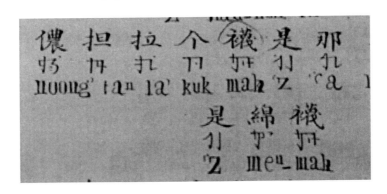

「襪」字是山攝字，一般認爲中古時期的韻尾是-t，所以韻尾應該是-h。
但是本文認爲當時-k 和-h 韻尾已經開始混用。外國人記音時，會猶豫是選擇 k
還是 h，所以發生了這種塗改的痕跡。

Yate（1899）說 h 和 k 不發音，k 表示元音長一點，h 說明元音短一些。

> *Final k and h are not pronounced: they indicate that the preceding vowel is*
> *pronounced in a short, abrupt manner. Single vowels followed by k retain their long*
> *sound;-followed by h are shortened.*

那麼我們會推斷當時-k 韻尾已經合併ʔ韻尾。下面是 Pott（1920）裏出現
的所有入聲字，一共 20 個。整理如下：

但是，以後出版的幾個美國傳教士資料跟 Edkins 一樣，後低元音 ɔ 和 a 帶
k 韻尾。

表 5-14 Pott 的入聲韻尾

| a[ɑ] k 白麥著隻若石藥客鴨柵尺<br>i（y）ak 畧腳鑰<br>ok 薄讀獨局國木摸肉北縛竹碌哭幅燭<br>束 | a [æ]h 隔襪撚搭塔掦紮昨殼蠟發煤<br>eh 孝垃未撥殺失說刷勿十脫出活實磕<br>ih 笛錫日歇一及立劈疋鐵七必筆裁<br>碟<br>uh 極墨識式得個吃適<br>u（w）ah 滑<br>iuh 益<br>auh 落促學角<br>oeh 月越脫 |

基本上 Pott（1920）分爲 h 和 k 兩套。他關於 h 和 k 韻尾並沒有做出特別

說明，只指出元音會變短。而他已經提到過他的標記法是聯合系統的。所以我們容易判斷他的資料裏也 k 已經合併了。

此外，Mcintosh（1927）裏出現的所有的入聲字是 35 個。他也不說明 k、h 的音值。整理如下。

表 5-15　Mcintosh（1927）的入聲韻尾

| ak 阿白著著隔客腳麥百隻只付藥鑰若 | ah 鴨軛狹踏法砝隔蠟襪八濕塔擦煤阿 |
|---|---|
| y（i）ak 約爵瘧 | eh 合葡垃物末沒缽撥十式失刷飾脫出勿十實日 |
| | weh 骨闊活 |
| ok 或卜薄讀幅局國碌木肉屋北爝燭竹浴熟六 | oh 六 |
| | y（i）h 別歇一結歷力密日熱必壁跌鐵帖七葉 |
| uk 黑 | uh 吃值極個刻逆德得弎疾黑只食 |
| | auh 齷學鑊角落瘡弎色式作齪昨 |
| | oeh 缺（choeh） |
| | yoeh 橘 |

其中本文發現「阿」ak、「六」lok、「瘧 nyak」、「黑」字混讀（各 95、16、46、31 頁）現象。其中「阿」是在 48 頁「阿媽」裏沒有入聲韻。

首先，注意到的是「阿」字，它也本來沒帶入聲韻的屬于果攝的字。

第二，Pott 記錄著「及」jih 字，他記錄著 ji。

第三，「昨」字記錄著 zauh。本來 Edkins（1853）記錄著 zog 或者 zoh 的入聲字。Mcintosh 以外的美國傳教士資料裏都被記錄著 zau。我們推測「昨」字後代脫落入聲韻尾。關於入聲韻尾脫落字以後需要更詳細的調查。

通過這些事實，我們會推斷他也記錄的兩個入聲韻尾，其實沒有區別。

Parker（1923）說-h 韻尾和-k 韻尾只爲了表示之前主元音的不同：

> *It should be borne in mind that the final 「h」 and 「k」 have no sound but are used simply to indicate the abrupt ending of the vowel sound.*
> 「ah」　is like a in at
> 「ak」　is like a in what
> 「eh」　is like e in let

Ho&Foe（1940）裏出現的所有的入聲字是 14 個，如下：

表 5-16　Ho&Foe（1940）的入聲韻尾

| | |
|---|---|
| ak　白百隻著<br>i（y）ak　腳約 | ah　阿髮夾襪搭<br>wah　括<br>auh　學角落作<br>eh　白（相）減末沒物末撥出弗十<br><br>ih　別鼻不立筆雪七<br>yih　熱歇日 |
| ok　讀踱國六陸磉屋<br>yok　肉 | uh　吃黑格箇刻墨刻適說得脫太只<br>月　nyoeh |

他也記錄後低元音 ɔ 和 a 來時，後面帶 k 韻尾。用 webster 音標說明的時候，韻尾位置沒有韻尾-k 或者-h，所以我們能判斷當時 h 和 k 已經沒有音值上的差別，只用表示不一樣的元音。所以我們能判斷當時上海方言的-k 韻尾合併-h 韻尾。

Bourgeois（1941）裏，所有的-k 韻尾都變成-h 韻尾。書上出現的所有的入聲字如下：

表 5-17　Bourgeois（1941）的入聲韻尾

| |
|---|
| 阿 ah　白 bah　百 pah　隔 kah　腳 kiah　藥 yah　約 yah　石 zah　著 zah<br>隻 tsiah<br>撥 bèh　達 dèh　發 fèh　　hèh　罰 vèh　殺 sèh　答 tèh　塔 tèh　閃 sèh　煞 sèh<br>特 deh　刻 k'eh　說 seh　色 seh　得 teh　忒 t'eh　只 tseh　直 zeh<br>吃 k'ieh　匹 p'ieh　即 tsieh　敵 dieh　極 ghieh<br>缺 kieuh<br>孛 béh　忽 féh　日 gnéh　垃 léh　末 méh　不 péh　撥 péh　搭 téh　脫 t'éh　折 tséh　出 ts'éh<br>勿 véh　活 wéh　什 zéh　十 zéh　實 zéh<br>歇 hiéh　吃 kiéh　結（未+吉）kiéh<br>闊 k'oéh<br>讀 dôh　沕 hôh　博 pôh　足 tsôh　浴 yôh　逐 zôh<br>一 ih　立 lih　蜜 mih　貼 t'ih　踢 t'ih<br>落 loh　各 koh　覺 koh　咯 koh　摸 moh　目 moh　托 t'oh　作 tsoh　或 woh<br>月 gneuh / yeuh |

一般認為徐家匯地區的語音變化比城市的變化比較慢。但是 1941 年出版的他的記錄上我們找不到 k 韻尾。

總體來說，美國傳教士的標記法上，一直到 20 世紀 40 年代，這兩種入聲韻尾還保持著相當整齊的對立。但是，實際上 k 韻尾和 h 韻尾（即ʔ韻尾）在主元音 a 後面形成了對立。如果是這樣的話，那麼不僅在實際的發音中存在兩個入聲韻尾，而且在音系處理上它們兩個也不能歸併成同一個音位。即當時陽聲韻中還可以區分前 a 和後元音 ɑ，所以入聲韻裏也可以有前 a 和後 a 的區別，這樣的話，ak 和 ah 的區別可以轉化到前面的主元音上面，所以在音位上當時的上海話只有一個入聲韻尾。

## 5.3　各時期聲調的變化和典型變化的例子

上海方言的聲調體系並不是吳方言的典型（Chao, 1967）。而變調（tone sandhi）不但是上海方言的特徵而且是吳方言的特徵。

現代上海方言聲調只有 5 個，其中入聲調保持不變，但舒聲調的變化巨大，陰平沒有明顯的變化，但陽調的平聲、上聲、去聲並為一個，陰調的上去合而為一，所以舒聲調只剩下三個，這在現代吳語中是非常特殊的。連讀變調的規律也變得非常簡單，基本規律是：前字決定字組的變調調值，即具有「右向擴展」的特點。

本文將探討近代上海方言的情況。其實關於聲調，歐美傳教士的記錄並不詳細。這可能是因為他們的語言裏沒有聲調這一語音特徵。

本文在傳教士資料反映的聲調說明如下。

① James Summers（1853）& Edkins（1853；1869）

根據 Summers（1853）中的記載，當時的上海話還保留著八個聲調，分為高調和低調兩個系列，並給每個聲調都設計了一個標記。

高調類的第一個聲調，Summers 從三個方面描寫了它：1 sudden。2 如同一個人在說「yes」或「no」時的聲調。3 它之所以被稱為「平調」是因為發音時既不升也不降。第一點 sudden 應該是指起始頻率高所帶來的緊喉色彩。根據第二點它應該是一個降調，但第三點又說它是一個平調，這兩句話存在著明顯矛盾。錢乃榮（2003:8）認為前者指的是陰平的單字調讀音，後者是連讀中的讀

音，我們暫時採納這種解釋。

第二個聲調，作者明確表示是一個升調。所以應該是陰去。

第三個聲調，和第一個聲調很接近，並且也是 sudden 的，不過它聽起來更像小孩啼哭叫「爸爸」的聲音。剛才提到，sudden 應該是起始頻率高的標誌，那麼這個調應該是一個高平調，即陰上。

第四個聲調，發音短促。應該是陰入無疑。

低調類的第一個聲調，作者認為與高調類的第一個聲調很相像是平調，只是頻率較低。可見這是一個低平調，即陽平。

第二個聲調，作者認為無法描述，只說像蘇格蘭土著的發音。

第三個聲調，是一個疑問句的聲調。那麼應該是一個低升調。

通過觀察正文我們可以知道以上兩個聲調前者是陽上，後者是陽去。

第四個升調，與高調類的第一個聲調類似是一個短促調，聽起來就像收了 / t / 或 / k / 尾似的。當是陽入。

但是 Summers 未能準確地描寫每個聲調的具體情況，單憑這本書我們無法用五度制標出各個聲調的古調類和調值。所我們需要瞭解 J.Edkins 的聲調描寫，這會幫助準確考察當時上海方言的聲調。

Edkins（1853:11）用英文輔音表示聲調的調值。高 u（upper），低 l（lower），升 r（rising），降 f（falling），曲折 q（quick），慢 s（slow），平 e（even），曲折 c（circumflex），s 短 h（short）。我們會知道 Edkins 從高低、緩急、長短三方面分析了當時上海的八個聲調。整理如下。

陰平：急高降

陰上：高平

陰去：急高升

陰入：短高升

陽平：低平

陽上：緩低升

陽去：急低升

陽入：短低升

石汝傑（2006：252）據這一描寫，並參考 Edkins 在其它地方的說明，構擬當時的上海聲調如下。

表 5-18　Edkins（1853）的聲調標記

| 調 類 | 調 值 說 明 | 構擬調值 | 例 字 | 節數 |
|---|---|---|---|---|
| 1 陰平 | u,q,f 快降調 | 53 | 瓜鍾多輕 | 14 |
| 2 陽平 | l,e 低長調，末尾上陞 | 112 | 蓬龍門唐文 | 34 |
| 3 陰上 | u,e 沒有曲折的高平調 | 44 | 水好火討許 | 19 |
| 4 陽上 | l,s,r 低延長調，結束時上陞 | 223 | 有五里弟罪 | 39 |
| 5 陰去 | u,q,r 高調，尾部向上急升 | 35 | 變四寸姓店 | 24 |
| 6 陽去 | l,q,r 低急升調 | 13 | 病話大順賣 | 45 |
| 7 陰入 | u,sh 高短調，尾部上陞 | <u>45</u> | 角刻法濕哭 | 28 |
| 8 陽入 | l,sh 低短升調 | <u>23</u> | 賊挾掘陌學 | 51 |

其中值得注意的是 Edkins（1853：30）說明「陽上調多的單詞不固定，而有的時候讀陽去調〔註24〕」的部分。按許寶華（1988：58），老派上海話的陽平、陽上已併入陽去，陰上有的字不穩定，讀作陰去。所以我們會推斷當時上海方言陽上不穩定。

石汝傑（2006：253）以「罪」字為例〔註25〕，判斷當時已經開始了聲調的合併過程。

②美國的傳教士和法國傳教士

M. T. Yates（1899），J. A. Silsby（1900；1907）等美國傳教士分爲平、上、去、入 4 個傳統的聲調分類。沒有說明。

Hawks Pott（1920）也在 upper series 和 lower series 中各個分爲 4 個聲調。他說明聲調按聲母決定各個有高低的音高（pitch）。說明如下：

平聲 ＝ even sound

上聲 ＝ rising sound

去聲 ＝ going sound

入聲 ＝ entering sound

他說明平聲 even tone, come 和英語 hear 發音時一樣，有少許的下降。

上聲在 upper 類中像樂器的震動音；在 lower 類中有曲（wave）的音。

〔註24〕　....in it a number of words whose pronunciation is not fixed. These words, sometimes counted in this tone, and at other times in the next other parts of China in the third tone.

〔註25〕　它有時候是陽上（40、45、381 頁），有時候是陽去（26、46 頁）。

去聲在 upper 和 lower series （同樣被提高的聲音），補充說明跟提問時的語調。

Parker（1923）和 Gilbert（1927）只在前言上分成 high 和 Low 兩種聲調，而不標聲調。

看起來，美國傳教士不太重視描寫聲調的部分。他們在前言中經常強調，書上的內容不能反映真正的聲調，所以最後的結論是一定要跟中國人學聲調。

筆者認爲聲調是他們母語裏沒有的超音段特徵（suprasemental feature）。所以他們認爲他們的描寫能導致混亂，所以按中古漢語的四個調說明，或者完全沒標記聲調。

下面把傳教士記錄的聲調情況綜合起來看：

表 5-19　教士記錄的聲調標記情況

| 著　作 | 聲調標記 | 標記方法 |
|---|---|---|
| 1853　James Summers | | |
| 1853　Joseph Edkins； | O | 準確 |
| 1869　Joseph Edkins | | |
| 1862　JohnMacgowan | X | |
| 186？　Benjamin Jenkins | O | |
| 1899　M.T.Yates | O | |
| 1900　J.A.Silsby | O | |
| 1907　J.A.Silsby | | |
| 1906　W.H.Jefferys | O | 無標記或者跟據中古漢語聲調說明 |
| 1920　Hawks Pott | O | |
| 1923　R.A. Parker | X | |
| 1927　Gilbert Mcintosh | X | |
| 1940　George Ho&Charles Foe | O | |
| 1941　A Bourgeois S.J. | X | |

關於變調方面只有 Edkins 一個人進行了描寫。兩字組的變調是吳語變調的基礎，現代上海方言是首字決定連調的調形。他按兩個重音（accent）的位置分爲兩類 ultimate 和 penultimate accent。石汝傑（2006：253）翻譯 ultimate 是輕重，penultimate 是重輕。而他說明輕重型類相當於今上海市郊縣的後重型變調，重輕型類是相當於今上海市區和蘇州那樣的前重型變調。

根據 Edkins 的記錄，石汝傑（2006：253）將當時上海方言的兩字組變調
整理如下：

表 5-20　Edkins（1853）兩字組的變調

|  | 1 | 2 | 3 | 4 | 5 | 6 | 7 | 8 |
|---|---|---|---|---|---|---|---|---|
| 1a<br>b | 今朝<br>工夫 | 中原<br>差人 | 多少<br>恩典 | 裝滿<br>兄弟 | 相信<br>聲氣 | 天地<br>鄉下 | 彎曲<br>中國 | 遮沒<br>分別 |
| 2a<br>b | <br>良心 | 城頭<br>窮人 | 門口<br>牙齒 | 情理<br>文理 | 皇帝<br> | 隨便<br>爲善 | <br>頭髮 | 明白<br>題目 |
| 3a<br>b | 水晶<br>祖宗 | 水牛<br> | 水手<br>滾水 | 小雨<br>寡婦 | 小荣<br>打算 | 膽大<br> | 寶塔<br>可惜 | 土白<br> |
| 4a<br>b | 眼睛<br> | 市頭<br> | 勉強<br>冷水 | 永遠<br> | 造化<br>罪過 | 引透<br> | 免脫<br>五十 | 暖熱<br> |
| 5a<br>b | 貴庚<br>意思 | 算盤<br> | 要緊<br>禁止 | 快馬<br> | 富貴<br> | 看重<br> | 愛惜<br> | 對敵<br>氣力 |
| 6a<br>b | 地方<br> | 浪頭<br> | 面孔<br>硯子 | 定罪<br> | 地界<br> | 謝謝<br> | 外國<br>賣脫 | 樹木<br> |
| 7a<br>b | 出身<br> | 北門<br>客人 | 出產<br> | 瞎眼<br> | 得意<br> | 質地<br> | 法則<br> | <br>覺著 |
| 8a<br>b | 逆風<br> | 別人<br> | 曆本<br> | 實在<br> | 孛相<br> | 月亮<br> | 立刻<br>落脫 | 目錄<br>毒藥 |

表左欄爲前字聲調的代號，上方是後字聲調的代號（1-8 分別代表評上去
入陰陽兩類）。a 類是輕重型（ultimate），b 類是重輕型（penultimate）。

下面是參考游汝傑（2006：74）的老派上海話的連讀變調配合表。

表 5-21　老上海話兩字組變調調式

|  | 陰平 53 | 陽平 23 | 陰上 44 | 陽上 23 | 陰去 34 | 陽去 23 | 陰入 5 | 陽入 12 |
|---|---|---|---|---|---|---|---|---|
| 陰平 53 | 44-53 |  | 55-21 |  |  |  | 4-<u>53</u> |  |
| 陽平 13 | 23-44 |  |  |  |  |  | 2-<u>53</u> |  |
| 陰上 44 | 34-53 |  | 44-44 |  |  |  | 34-<u>53</u> |  |
| 陽上 23 | 23-53 |  |  |  |  |  | 23-<u>53</u> |  |
| 陰去 34 | 34-53 |  |  |  |  |  | 34-<u>53</u> |  |
| 陽去 23 | 23-53 |  | 22-44 |  |  |  | 23-<u>53</u> |  |
| 陰入 5 | 4-53 |  | 4-44 |  |  |  | 3-5 |  |
| 陽入 12 | 1-23 |  |  |  |  |  | 2-5 |  |

　　它說明老派上海話陽去前字連讀組的變調調型，當後字是平聲時，調型為 23-53。當後字是上聲或去聲時，調型才是 22-44，即符合「前字調形決定連調調形」。陰平前字連讀組的變調調型，當後字是平聲時，調型為 44-53。當後字是上聲或去聲時，調型才是 55-21，即符合「前字調形決定連調調形」。

　　石汝傑（2006：253）評價 Edkins（1853）考慮詞組的重音及其位置，並注意到聲調組合的不同。從這樣的角度出發來描寫變調，在吳語研究史上是值得注意的事。因為中國學者對吳語連讀變調真正開始全面的科學研究則是一百多年後的事了。Edkins 在吳語連讀變調的研究上作出了創造性的貢獻。

# 第六章　結　語

　　本文通過傳教士資料考察了 19 世紀中葉（1843 年上海開埠後）到 20 世紀上半葉（1847～1941）上海方言中發生的語音演變。本文借用幾個歷史語言學概念，闡述當時上海方言的語音特徵的歷史階段之間的變化過程。爲了分析傳教士描述的羅馬字拼音構成語音系統，筆者使用了「構擬」概念。

　　另外參考 Trask，R. L.（199：23，220）的內容，在附錄中使用基本詞彙這一概念。基本詞彙比別的詞彙有更頑強地抗變化力，所以在觀察分析作爲混合方言的上海方言的變化時，容易觀察到各時期語音體系的變化。

　　傳教士資料有很多優點：

　　首先，因爲他們用羅馬字標音，能容易觀察當時上海方言的音值。

　　第二，他們的資料都是爲了傳教或是供普通外國人學習上海話以便在上海生活，所以反映當時比較標準的上海方言的可能性大。

　　第三，當時來上海的傳教士們，對漢語的理解程度比較高，所以資料的可信度也很高。

　　最後，當時外國人在上海的住地範圍是有限的，英美傳教士的居住地都屬於上海的中心的地區。

　　爲了確定這些資料的可靠性，在第二章和三章，按著者分別整理他們的漢學背景及他們所著的有關漢語的著作和本文使用書的目錄及內容。

　　首先，在第二章，本文判斷本文使用資料的可靠性。但是關於 Macgowan

（1862）還需要的更深度的考察。

第二，在附錄上，通過整理每個文檔中出現的基本詞彙，試圖觀察當時上海方言的語音演變的過程和詞彙中是否有當時上海方言裏混合性的特徵。

第三，在第四章，構擬了各書的語音系統，從而瞭解近代各時期的上海方言語音體系的概況。

最後，在第五章，使用典型的變化例子，在音節結構方面查看近代上海方言的語音演變。在對於變化的解釋方面，盡力能夠達到解釋的充分性（explanatory adequacy）。

本文闡明的近代上海方言語音演變的具體內容如下：

首先，按本文使用的資料，近代上海方言的發展時期再分爲如下的時間。

第 1 期，從開埠到 1900 年前

第 2 期，1900 年到（1940 年前）

第 3 期，1940 年後

但是，如果考慮著作的初版時間，關於從 1923 年到 1940 年之間的語音，以後需要更多的考察。

第二，本文確認近代上海方言裏鼻音先經歷了齶化現象，然後按舌根音、舌尖音的順序發生齶化。而本文認爲上海方言在近代時期已經完成齶化。

第三，本文觀察了上海話中濁音的氣流弱化現象最晚在 19 世紀 60 年代開始，其中喉擦音ɦ弱化最明顯。但是因爲母語的干擾，傳教士無法在其母語中找到一個完全相同的音來對應，於是基於其和真濁音音高都較低的特點，將其描寫成濁音。並且材料絕大多數直到 20 世紀 40 年代還被記錄爲濁音，說明當時除ɦ以外的濁音還保持著相當的送氣性。

第四，本文認爲內爆音在近代時期一直零星地存在於上海方言當中，並且出現頻率不斷降低。而推定內爆音成系統地在上海話中存在，至少是在 19 世紀以前。

第五，當時上海方言的前後鼻音韻尾是互補分佈的變體關係。

第六，在 1850 年代實際上仍然有-k、-ʔ兩個入聲韻尾，但是發現以後的-k韻尾有併入-ʔ韻尾的現象。

另外，本文要闡明上海方言的混合性。但是本文整理的基本詞彙裏沒發現大的變化。這在今後需要進一步研究。

　　本文使用的大部分傳教士的資料作爲語言資料有著相當大的價值。

　　在本文之前，沒有人使用過傳教士的羅馬字資料作爲研究對象，這一點很有意義。比如 Benjamin Jenkins（186？）和 James Summers（1853），到目前爲止還沒有人研究過，而本文進行了研究。而且本文爲了檢討各傳教士資料的可靠性，分別按著者的背景、著作的用途和內容進行了整理，並對書中記錄的語音體系分時代進行了構擬。本文認爲這樣在研究方法上也具有一定意義。最後在音節結構上按聲韻調分別考察了當時上海方言語音的典型的變化，從而解釋了變化的過程和原因，本文認爲這些作爲一個新的嘗試也是有價值的。

# 附　錄

　　本文的附錄參考了 Swadesh（1971：283）製作的 100 個的基本詞彙。本來他提出 200 個詞彙，後來按品詞（word class）簡縮到 100 個。

　　除了 Summers（1853）的以外，每本書的詞彙基本上按英語漢字羅馬字順排列。而 Parker（1923）的資料中沒有英文釋義，Bourgeois（1941）的資料中沒有法語釋義。

　　每本書的量詞也沒標注英文。每本書的標記中得注意的部分都加腳註標示了。其中 Summers（1853）的除了基本詞彙以外，還整理了固有名詞。

　　除附錄之外，爲了便於讀者閱讀，本文全部使用了現在臺灣通用的繁體字。而附錄中的內容是筆者遵照文獻記載所進行的梳理，這些文字均是當時所使用的，與現在臺灣通用的繁體字有不同之處。

| | | | |
|---|---|---|---|
| 1. I | 8. not | 15. small |
| 2. you | 9. all | 16. woman |
| 3. we | 10. many | 17. man |
| 4. this | 11. one | 18. person |
| 5. that | 12. two | 19. fish |
| 6. who | 13. big | 20. bird |
| 7. what | 14. long | 21. dog |

| 22. | louse | 51. | breast | 80. | cloud |
|-----|-------|-----|--------|-----|-------|
| 23. | tree | 52. | heart | 81. | smoke |
| 24. | seed | 53. | liver | 82. | fire |
| 25. | leaf | 54. | drink | 83. | ash |
| 26. | root | 55. | eat | 84. | burn |
| 27. | bark | 56. | bite | 85. | way |
| 28. | skin | 57. | see | 86. | mountain |
| 29. | flesh | 58. | hear | 87. | red |
| 30. | blood | 59. | know | 88. | green |
| 31. | bone | 60. | sleep | 89. | yellow |
| 32. | grease | 61. | die | 90. | white |
| 33. | egg | 62. | kill | 91. | black |
| 34. | born | 63. | swim | 92. | night |
| 35. | tail | 64. | fly | 93. | hot |
| 36. | feather | 65. | walk | 94. | cold |
| 37. | hair | 66. | come | 95. | full |
| 38. | head | 67. | lie | 96. | new |
| 39. | ear | 68. | sit | 97. | good |
| 40. | eye | 69. | stand | 98. | round |
| 41. | nose | 70. | give | 99. | dry |
| 42. | mouth | 71. | say | 100. | name |
| 43. | tooth | 72. | sun | | |
| 44. | tongue | 73. | moon | | |
| 45. | claw | 74. | star | | |
| 46. | foot | 75. | water | | |
| 47. | knee | 76. | rain | | |
| 48. | hand | 77. | stone | | |
| 49. | belly | 78. | sand | | |
| 50. | neck | 79. | earth | | |

## Summers 1853

章節／英文／羅馬字／中文順

1:6 John Yă-hön 約翰

17 Moses Mô-sī 摩西

Jesus Christ Yâ-sū Kî-tŭ 耶穌基督

19 Jews ặt'a 猶太

21 Elijah Iī-lị -ā 以利亞

38 Rabbi La-pi 拉比（cf.11:8,
　　Sīn-sāng）

40 Simon Peter Sī-mặng Pî-tă 西門
　　彼得

　　Andrew On-tă-lĭ 安得烈

41 Messiah Mě-si-a 彌賽亞

42 Geva Ki-fă, 磯法

45 Philip Fī-lĭ 腓力

Nathanael Na-tan-i-li 拿但業

Josheph Yă-sĭ 約瑟

Nazareth Na-să-lă 拿撒勒

Jesus Yâ-sū 耶穌

47 Israel I-sĭ-lĭ 以色列


2:1 Galilee Ka-li-li 加利利

Cana Ka-na 迦拿

6 Jews Yặ-t'a 猶太

12 Capernaum Ka-pă-na-yung 迦百
　　農

13 Jerusalem Yâ-lu-să-lang 耶路撒
　　冷

3:1 Pharisees Fă-li-se 法力賽

Nicodemus Ni-ko-ti-mo 尼哥底母

23 Aenon E-nong 哀嫩

Salim Se-ling 撒冷


4:4 Samaria Să-mu-li-ya 撒瑪利亞

5 Sychar Sü-ka-ặrh 敘加

Jacob 雅各 Yâ-ko-pă

5:2 Hyi-pă-lê 希伯來（cf. 19:13,
　　Hyi-pa-le）（Bethesda 畢士大）

6:1 Tiberias Ti-pi-li-a 提比哩亞海

　71 Judea Ka-liǒ 加略

7:35 （Greeks 希臘）

42 David Ta-pĭ 大衛

Bethlehem Pă-li-hang 伯利恒

8:1 Mount of Olives）kàn-làn-（sān）
　　橄欖（山）

33 Abraham A-pă-la-hön 亞伯拉罕

9:7 Siloam Si-lu-a 西羅亞

10:23 Solomon So-lo-mặng 所羅門

11:1 Bethany Po-ta-nī 伯大尼

Lazarus La-sa-lu 拉撒路

Mary Mo-li-a 馬利亞

Martha Mo-ta 馬大

48 Romans Lo-mo 羅馬

54 Ephraim I-fã-lin 以法蓮

12:13 （Hosanna 和散那）

21 Po-se-ta 伯賽大

13:2 Judas Iscariot Ka-liang ǔ-dong
    加略人猶大

14:5 Thomas Tu-mo 多馬

18:1 Kidron Ki-tă-lạng 汲淪

10 Malchus Ma-la-ku 馬勒古

13 Annas A-nọ 業那

Caiaphas Ke-a-fã，該業法

31 Pilate Pi-la-tu 彼拉多

19:12 Caesar Kạ-kạ 凱撒

13 （Gabbatha 厄巴大）

17 GolgothaKọ-ạr-ko-ta 各各他

20 Greek Hyi-lĭ 希臘

25 Clopas kạ-liâ-fã 革羅罷

Mary MagdaleneMă-ta-la （ǔ-dông
kạ）Mo-li-a 抹大拉的馬利亞

38 Arimathea A-li-mo-ta 亞利馬太

20:24 （Didymus 低土馬）

21:1 Tiberias Ti-pi-li-a 提比哩亞
    （海邊）

2 （Thomas （called Didymus），低
    土馬）Zebedee Si-pi-ta 西庇太

## 代詞

|     |       |
| --- | ----- |
| I   | ngò̤  |
| you | nùng  |
| he  | ī     |
| we  | ngò̤-nī |
| you （pl.） | nā |
| they | ī-la |
| this | ti-ką |
| that | ká̤-ka |
| what | sà |

## 數詞

|       |            |
| ----- | ---------- |
| one   | yǐ         |
| two   | nyí̈       |
| three | sān        |
| four  | sź̈        |
| five  | nǧ̤        |
| six   | lŭ         |
| seven | tsǐ        |
| eight | pă         |
| nine  | kyą̀       |
| ten   | sě         |
| twenty | nya or nyǐ̈-sě |
| thirty | san seh   |

## 動詞和否定

|                 |            |
| --------------- | ---------- |
| is              | zz         |
| have            | yeu        |
| depend upon     | kǫ́        |
| can understand  | kyǫ̀       |
| have or had     | yà̤-ką     |
| shine           | tsǫ̤-ką    |
| send            | tang-fã    |
| call            | kyō        |
| believe         | siāng-síng |
| go away         | chí        |

| rise up   | chì        |
| --------- | ---------- |
| go out    | ch'ą̤      |
| eat       | ch'ą̤-tsz  |
| give      | pě-lą      |
| walk      | pǫ̂-lą     |
| write     | sià        |
| bring     | tǎn-lê     |
| take away | tǎn chí    |
|           | tǎn-t'ě    |
| die       | sí̈-tsz    |
| listen    | t'ng-tsz   |
| make      | tsó-la     |
| dwell     | tsz̈oo     |
| say       | wő         |
| see       | kõn-kín-tsz |
| answer    | wê-dą̂     |
| not       | fě or vě   |

## 形容詞

| good | hǫ̤   |
| ---- | ----- |
| bad  | ch'ą̤ |

## 名詞

| God       | Zą̂ng       |
| --------- | ----------- |
| word      | wő-dą̂      |
| thing-sm  | mě-z̈́      |
| life      | wě̤         |
| book      | sz̈oo       |
| world     | ssź-kā-long |
| man       | nyą̂ng      |
| light     | liǎ̤ng-kwong |
| darkness  | èn-dûng     |

## 親族

| mother | nyâng |
| ------ | ----- |

## 男女

|  | man | nyậng |
|---|---|---|
|  | woman | nyŭ-nyậng |
|  | teacher | sīn-sāng |
|  | people | pǎ-sῐ́ng |

## 自然

|  | cow | nyậ |
|---|---|---|
|  | day or sun | nyῐ |
|  | lamb | siǫ̀-yâng |
|  | earth | tῐ́ |
|  | heaven | t'īn |

## 身體

|  | eye | ngân-tsîng |
|---|---|---|
|  | body | sạn-t'ì |
| . | blood | hü̆-mă |

## 方向

|  | upon | zǒng |
|---|---|---|
|  | above | zǒng-dậv |
|  | below | tì-hǫ̆ |

## Edkins 1853, 1869

### 代詞

| I | 我 | 'ngú |
|---|---|---|
| thou or you | 儂 | nóng' |
| he | 伊 | í |
| | 其 | gí |
| | 俉 | ná' |
| they | 伊拉 | í'lá |
| this | 第 〔註1〕 | tí' |
| | 第個 | tí' kú' |
| that | 伊個 | í kú' |
| what | 啥 | sá' |

### 數詞

| one | 一 | ih |
|---|---|---|
| two | 二 | ní' |
| three | 三 | san |
| four | 四 | sz' |
| five | 五 | 'ng |
| six | 六 | lóh |
| seven | 七 | t'sih |
| eight | 八 | pah |
| nine | 九 | 'kieu |
| ten | 十 | zeh |
| twenty | 二十 | ní seh |
| thirty | 三十 | san seh |
| forty | 四十 | sz' zeh |
| fifty | 五十 | ng zhe |
| sixty | 六十 | lóh seh |
| seventy | 七十 | t'sih seh |
| eighty | 八十 | pah zeh |
| ninety | 九十 | kieu zeh |

| one hundred | 一百 | ih pák |
|---|---|---|
| one thousand | 一千 | ih t'síen |
| ten thousand | 一萬 | ih man' |
| one million | 一百萬 | ih páh man' |

### 量詞

| | 箇 | kú'（keu'） |
|---|---|---|
| | 顆 | k'ú |
| | 根 | kun |
| | 管 | kwén |
| | 口 | k'eu |
| | 科 | k'ú |
| | 塊 | k'wé' |
| | 件 | kíen' |
| | 頭 | teu |
| | 頂 | ting |
| | 朵 | tú |
| | 燈 | tung |
| | 堵 | t'ú |
| | 條 | tiau |
| | 把 | pó |
| | 本 | pun |
| | 匹 | p'ih |
| | 面 | míen |
| | 幅 | fóh |
| | 封 | fóng |
| | 丈 | vun |
| | 隻 | tsáh |
| | 盞 | tsan |
| | 椿 | tsong |
| | 種 | tsóng |
| | 枝 | tsz |
| | 座 | zú' |
| | 乘 | zung |
| | 圓 | yön |

〔註1〕Edkins（1869）: dí'/ dí' / kú'

| 樣 | yáng' | | 葉 | ih |
|---|---|---|---|---|
| 項 | háng' | | 粒 | lih |
| 間 | kan | | 頁 | yih |
| 句 | kü' | | 章 | tsáng |
| 竿 | kûn | | 首 | sen |
| 綑 | k'wun | | 部 | pú' |
| 局 | kióh | | 撇 | p'ih |
| 眼 | ngan | | 捺 | nah |
| 担 | tan' | | 挑 | t'iau |
| 點 | tíen | | 拂 | fah |
| 湯 | t'ong | | 圈 | k'iön |
| 墩 | tun | | 碗 | wén |
| 檯 | té | | 盆 | pun |
| 叚 | tön | | 缸 | kong |
| 板 | pan | | 鬆 | páng' |
| 包 | pau | | 瓶 | ping |
| 把 | pó | | 盤 | pén |
| 派 | p'á' | | 桶 | tóng |
| 篇 | p'íen' | | 匣 | hah |
| 片 | p'íen | | 箱 | siáng |
| 疋 | p'ih | | 籃 | lan |
| 鋪 | p'ú | | 宴 | lieu |
| 門 | mun | | 畝 | meu |
| 紐 | nieu | | 站 | dzan' |
| 方 | fong | | 里 | lí |
| 手 | sen | | 步 | pú' |
| 張 | tsáng | | 尺 | t'sáh |
| 節 | tsih | | 寸 | t'sun' |
| 串 | t'sén | | 分 | fun |
| 餐 | t'sön | | 石 | sáh |
| 軸 | dzóh | | 斗 | teu |
| 席 | dzih | | 升 | sung |
| 扇 | sén' | | 合 | keh |
| 重 | zóng | | 抄 | t'sau |
| 層 | zung | | 斤 | kiun |
| 陣 | dzun' | | 角 | koh |

| | 雨 | 'liáng |
|---|---|---|
| | 錢 | dzíen |
| | 毫 | háu |
| | 釐 | lí |
| | 代 | dé' |
| | 世 | sz' |
| | 年 | níen |
| | 歲 | sûe' |
| | 日 | nyih |
| | 點 | tíen |
| | 刻 | k'uh |
| | 杪 | miau |
| | 歇 | h'ih |
| | 聯 | lien |
| | 雙 | song |
| | 對 | té' |
| | 股 | kú |
| | 排 | pá |
| | 隊 | té' |
| | 帖 | t'ih |
| | 刀 | tau |
| | 炷 | tsû |
| | 套 | t'au' |
| | 串 | t'sen |
| | 羣 | kiün |
| | 副 | fú' |
| | 行 | hong |

## 動詞和否定

| to be | 是 | zz |
|---|---|---|
| have | 有 | yeu |
| come | 來 | lé |
| go | 去 | k'í' |
| walk | 走 | tseu |
| run | 跑 | pau' |
| stand up | 立 | lih |

| sit | 坐 | zú |
|---|---|---|
| fly | 飛 | fí' |
| see | 看 | k'ön' |
| seen | 看見 | k'ön' kíen' |
| do | 做 | tsú' |
| hear | 聽 | t'ing |
| ask | 問 | mun' |
| eat | 吃 | k'iuh |
| sleep | 睏 | k'wun' |
| speak | 話 | wó' |
| live | 活 | weh |
| die | 死 | si |
| know | 曉得 | h'iau tuh |
| understand | 懂 | 'tóng |
| forget | 忘記 | mong' kí' |
| buy | 買 | má |
| sell | 賣 | má |
| open | 開 | k'é |
| close | 關 | kwan |
| find | 尋着 | zing záh |
| strike | 打 | tá |
| kill | 殺 | sah |
| write | 寫 | siá |
| wash | 淨 | sing |
| bring here | 担來 | tan lé |
| read | 讀書 | dók sû |
| | 念 | nian' sû |
| borrow | 借 | tsia |
| wait | 等 | 'tung |
| can | 會（meet） | wé |
| not | 勿 | veh |

## 形容詞

| good | 好 | hau |
|---|---|---|
| bad | 惡 | oh |
| | 孬 | k'ieu |

| cold | 冷 | láng |
|---|---|---|
| hot | 熱 | nyih |
| short | 短 | 'tön |
| long | 長 | dzáng |
| old | 老 | lau |
| fast | 快 | k'á' |
| slow | 慢 | man' |
| early | 早 | tsau |
| late | 晚 | an' |
| heavy | 重 | zóng |
| light | 輕 | k'iung |
| clean | 潔淨 | kih 'zing |
| | 葛瀝 | köh lih |
| | 乾淨 | kûn 'zíng |
| dirty | 齷齪 | ok t'soh |
| | 垃圾 | lah t'ah |
| | 累齷齪 | lè'oh t'soh |
| high | 高 | kau |
| low | 低 | tí |
| large | 大 | tú' |
| small | 小 | siau |
| sweet | 甜 | díen |
| bitter | 苦 | 'k'ú |
| thick | 厚 | heu |
| thin | 薄 | pók, pok |
| hard | 硬 | ngáng' |
| soft | 軟 | niön |
| good | 善 | zén |
| wicked | 惡 | oh |
| real | 眞 | tsun |
| false | 假 | ká |
| cheap | 強 | 'hk'iáng |
| dear | 貴 | kü' |
| level | 平 | bing |

| dark | 暗 | én' |
|---|---|---|
| poor | 窮 | kióng giúng |
| wet | 濕 | sáh |
| dry | 乾 | kûn |

## 身體

| body | 身體 | sung 't'í |
|---|---|---|
| skin | 皮膚 | bí fú |
| face | 面孔 | mien' 'k'úng |
| eyes | 眼睛 | ngan tsing |
| nose | 鼻頭 | bih den |
| mouth | 口 | k'eu |
| teeth | 牙齒 | ngá 't'sz |
| head | 頭 | teu |
| tongue | 舌頭 | zeh deu |
| lips | 嘴唇 | 'tsz zun |
| ears | 耳聦 | ní 'tú |
| hand | 手 | seu |
| foot | 腳 | kiáh |
| bone | 骨頭 | kweh den |
| liver | 肝 | kön |
| eye brows | 眉毛 | mé mau |
| chin | 下巴 | 'au bó |
| wrist | 手骱 | 'seu gá' |
| shoulder | 肩 | kûn |
| fingers | 手指頭 | 'seu 'tsz deu |
| blood | 血 | h'iöh |

## 親族

| relations | 親眷 | t'sing kiön' |
|---|---|---|
| father | 父親 | 'vú t'sing |
| | 爹爹 | tiá tiá |
| | 阿爺 | áh tiá |
| | 爺 | yá |
| （your） | 家父 | kiá 'vu |

| | | |
|---|---|---|
| mother | 母親 | ʼmú tʼsing |
| | 阿媽 | ah ʼmá |
| | 娘 | niáng |
| | 婆 | bú |
| | 丈母 | dzangʻ ʼm |
| son | 兒子 | ní ʼtsz |
| elder brother | 阿哥 | á kú |
| younger brother | 兄弟 | hʼiúng díʻ |
| sister | 姊妹 | tsí méʻ |
| elder sister | 阿姊 | ah tsí |
| younger sister | 妹妹 | méʻ méʻ |
| grandfather | 祖父 | ʼtsú ʼvú |
| | 公公 | kúng kúng |
| grandmother | 祖母 | ʼtsú ʼmú |
| | 阿奶 | ahʻ ʼná |
| grandson | 孫子 | sun ʼtz |
| granddaughter 〔註2〕 | 孫女 | sun ʼnü |
| father-in-law | 公 | kóng |
| mother-in-law | 婆 | bú |
| father's elder br | 伯伯 | páh páh |
| uncle | 娘舅 | niáng gieuʻ |
| father-in-law | 丈人 | dzángʻ niun |
| sister-in-law | 姑娘 | kú mó |
| brother-in-law 〔註3〕 | 姊夫 | tsí fú |
| brother-in-law 〔註4〕 | 妹夫 | méʻ fú |
| son-in-law 〔註5〕 | 女婿 | ʼnü sih |
| daugher-in-law | 媳婦 | sing vú |

| | | |
|---|---|---|
| husband | 丈夫 | dzangʻ fú |
| | 男人 | nén niun |
| wife | 妻子 | tʼsi tsz |
| | 夫人 | fú niun |
| | 賢 | hien tʼsi |
| | 內人 | nè niun |
| | ？荊 | tseh kiung |
| | 討大〔註6〕娘子 | ʼtʼau dú niang ʼtsz |
| husband's sister | 姑媽 | kú mó |
| wife's sister | 阿姨 | ah *í* |
| daughter | 女囝 | ʼnü ʼnö*n* |
| aunt | 姑母 | kú ʼmú |
| | 娘娘 | ʼniáng ʼniáng |
| | 姨母 | íʻ mú |
| | 娘姨 | ʼniáng í |
| uncle | 伯 | páh |
| | 亞叔 | ʼyá sóh |
| | 舅舅 | gieuʻ gieuʻ |
| nephew | 男外甥 | nén ngá sáng |
| niece | 外甥女 | ngá sáng ʼnü |
| nephew | 阿姪 | ah dzeh |
| niece | 姪女 | dzeh ʼnü |
| cousin | 堂弟兄 | *t*ong díʻ hiúng |
| cousin | 表弟兄 | ʼpiau diʻ hiúng |
| wife | 娘子 | niáng ʼtsz |

## 自然和地名

| | | |
|---|---|---|
| China | 中國 | tsúng kóh |
| Shanghai | 上海 | zóngʻ ʼhé |
| heaven | 天 | tʼíen |
| moon | 月 | niöh |

〔註2〕Edkins（1869）：女孫 ʼnü sun

〔註3〕elder sister's husband

〔註4〕younger sister's husband

〔註5〕Edkins（1869）：女婿 ʼnü síʻ

〔註6〕Edkins（1853）：大 túʻ

| horse | 馬 | 'mó |
|---|---|---|
| earth | 地 | tí' |
| stars | 星 | sing |
| mountain | 山 | sa*n* |
| sheep | 羊 | yáng |
| ox | 牛 | nieu |
| water | 水 | 'sz |
| sea | 海 | 'hé |
| fire | 火 | 'hú |
| grass | 草 | 't'sau |
| wind | 風 | fóng |
| Rain | 雨 | ü |
| Flower | 花 | hwó |
| spring | 春 | t'sun |
| summer | 夏 | 'hau |
| autumn | 秋 | t'sieu |
| winter | 冬 | tóng |
| day | 日 | nyih |
| night | 夜 | yá' |

## 方向

| east | 東 | tóng |
|---|---|---|
| west | 西 | sí |
| south | 南 | nén |
| north | 北 | póh |
| above | 上 | long' |
| | | 'zong |
| middle | 中 | tsóng |
| below | 下 | 'hau |
| inside | 裏 | 'í |
| outside | 外 | ngá' |

## Macgowan 1862

### 代詞

| I | 我 | ngoo |
|---|---|---|
| we | 我伲 | ngoo nie |
| thou or you | 儂 | núng |
| he or she | 伊 | ye |
| they | 伊拉 | ye la |
| this | 茀个 | te kuk |
| that | | |
| what | 啥 | sa |

### 男女

| man | 人 | niung |
|---|---|---|
| woman | 女人 | niû niung |
| young lady | 小姐 | sëau tsëa |
| mistress | 娘娘 | niang niang |

### 數詞

| one | 一 | ih |
|---|---|---|
| two | 二 | nie |
| three | 三 | san |
| four | 四 | sz |
| five | 五 | ng |
| six | 六 | lōh |
| seven | 七 | t'sih |
| eight | 八 | peh |
| nine | 九 | kieu |
| ten | 十 | zeh |
| twenty | 廿 | nian |
| thirty | 卅 | san zeh |
| forty | 四十 | sz zeh |
| fifty | 五十 | ng zeh |
| sixty | 六十 | lōh zeh |
| seventy | 七十 | t'sih zeh |
| eighty | 八十 | peh zeh |
| ninety | 九十 | kieu zeh |
| one hundred | 一百 | ih pah |
| one thousand | 一千 | ih t'sen |
| ten thousand | 一萬 | ih man |
| one million | 一百萬 | ih pah man |

### 量詞

| | 刀 | tau |
|---|---|---|
| | 炷 | tsû |
| | 套 | t'au |
| | 串 | t'say |
| | 羣 | jûn |
| | 幅 | foo |
| | 行 | hong |
| | 簡 | koo |
| | 顆 | k'oo |
| | 根 | kung |
| | 管 | kway |
| | 口 | k'eu |
| | 科 | k'oo |
| | 塊 | k'way |
| | 件 | jen |
| | 頭 | deu |
| | 頂 | ting |
| | 朵 | too |
| | 燈 | tung |
| | 堵 | too |
| | 條 | tëau |
| | 把 | po |
| | 本 | pung |
| | 匹 | p'ih |
| | 面 | men |
| | 幅 | fõh |
| | 封 | fúng |

| | 丈 | vung |
|---|---|---|
| | 隻 | tsah |
| | 盞 | tsan |
| | 椿 | tsong |
| | 種 | tsúng |
| | 枝 | tz |
| | 座 | dzoo |
| | 乘 | tsung |
| | 圓 | yön |
| | 樣 | yang |
| | 項 | hong |
| | 間 | kan |
| | 句 | kiû |
| | 竿 | kûn |
| | 梱 | kwung |
| | 局 | kiðh |
| | 眼 | ngan |
| | 擔 | tan |
| | 點 | ten |
| | 湯 | t'ong |
| | 墩 | tung |
| | 檯 | tay |
| | 叚 | tön |
| | 板 | pan |
| | 包 | pan |
| | 把 | po |
| | 派 | p'a |
| | 篇 | p'en |
| | 片 | p'en |
| | 疋 | p'ih |
| | 鋪 | p'oo |
| | 門 | mung |
| | 方 | fong |
| | 張 | tsang |
| | 節 | tsih |
| | 串 | t'say |

| | 餐 | t'sön |
|---|---|---|
| | 軸 | diðh |
| | 席 | dzih |
| | 扇 | say |
| | 重 | dzúng |
| | 層 | dzung |
| | 陣 | dzung |
| | 葉 | yih |
| | 粒 | lih |
| | 聯 | len |
| | 雙 | song |
| | 對 | tay |
| | 股 | koo |
| | 排 | pan |
| | 隊 | tay |
| | 帖 | t'ih |

## 動詞和否定

| be | 是 | z |
|---|---|---|
| have | 有 | yeu |
| come | 來 | lay |
| go | 去 | che |
| walk | 走 | tseu |
| see | 看 | k'ön |
| see | 看見 | k'ön kien |
| do | 做 | tsoo |
| hear | 聽 | t'ing |
| eat | 吃 | ch'uh |
| sleep | 睏 | k'wung |
| say | 話 | wo |
| | 死 | se |
| think | 想 | sëang |
| forget | 忘記 | mong kie |
| buy | 買 | ma |
| buy | 賣 | ma |
| open | 開 | k'ay |

| take | 擔 | tan |
|---|---|---|
| take | 拿 | nau |
| carry，take | 帶 | ta |
| use | 用 | yúng |
| cry | 哭 | k'ōh |
| live | 住 | dzû |
| sweep | 打掃 | tang sau |
| | 殺 | she |
| | 寫 | |
| wash | 淨 | sing |
| | 担來 | tan lay |
| read | 讀 | tōh |
| | 讀書 | tōh sëau |
| | 等 | tung |
| not | 勿 | veh |

## 形容詞

| good | 好 | hau |
|---|---|---|
| cold | 冷 | lang |
| hot | 熱 | nyih |
| short | 短 | tön |
| long | 長 | dzang |
| warm | 暖 | nön |
| many | 多 | too |
| clean | 葛瀝 | k'öh lih |
| fast | 快 | k'wa |
| slow | 慢 | man |
| | 早 | tsau |
| | 晚 | an |
| | 重 | dzúng |
| | 長 | dzang |
| | 短 | tön |
| old | 舊 | jeu |
| high | 高 | kau |
| great | 大 | too |
| small | 小 | sëau |

| lean | 瘦 | seu |
|---|---|---|
| fat | 奘 | tsong |
| weak | 軟弱 | niön dzah |
| strong | 強健 | jang jen |
| cheap | 強 | jang |
| dear | 貴 | kiù |
| | 便宜 | be nie |
| clean | 乾淨 | kön zing |
| wet | 濕 | sah |

## 身體

| body | 身體 | sung t'e |
|---|---|---|
| skin | 皮膚 | be hoo |
| face | 面孔 | men k'úng |
| eyes | 眼睛 | ngan tsing |
| nose | 鼻頭 | pih deu |
| mouth | 口 | k'eu |
| teeth | 牙齒 | nga ts |
| head | 頭 | deu |
| tongue | 舌頭 | seh deu |
| lips | 嘴唇 | ts zung |
| ears | 耳聯 | nie too |
| hand | 手 | seu |
| foot | 脚 | kiah |
| bone | 骨頭 | kweh deu |
| liver | 肝 | kön |
| eye brows | 眉毛 | men mau |
| chin | 下巴 | au bo |
| wrist | 手骱 | seu ga |
| shoulder | 肩骱 | kien ka |
| fingers | 指頭 | tsih deu |
| blood | 血 | shöh |

## 親族

| relative | 親眷 | t'sing kiöu |
|---|---|---|
| father | 爺 | ya |

| | | |
|---|---|---|
| mother | 娘 | niang |
| son | 兒子 | eu tz |
| brother | 弟兄 | te hiúng |
| younger brother | 兄弟 | hiúng de |
| sister | 姊妹 | tse may |
| eldersister | 阿姊 | eh tse |
| younger sister | 小妹 | sëau may |
| grand father | 老爹 | lau tëa |
| grand mother | 阿奶 | eh na |
| grand father | 外公 | nga kúng |
| grand mother | 外婆 | nga boo |
| grandson | 孫子 | sung tz |
| granddaughter | 孫囡 | sung nön |
| father-in-law | 公 | kúng |
| mother-in-law | 婆 | boo |
| father's elder br | 伯伯 | pah pah |
| father'syounger br | 阿叔 | eh sōh |
| uncle | 娘舅 | niang jeu |
| uncle by marriage | 姨夫 | ye foo |
| father-in-law | 丈人 | tsang niung |
| mother-in-law | 長婆 | tsang m |
| sister-in-law | 姑娘 | koo niang |
| sister-in-law | 阿姨 | eh e |
| brother-in-law | 姐夫 | tse foo |
| brother-in-law | 妹夫 | may foo |
| wife's brother | 阿舅 | eh jeu |
| aunt by marrage | 嬸嬸 | sung sung |
| uncle by marriage | 姑父 | koo foo |
| son-in-law | 女婿 | niû se |
| daugher-in-law | 媳婦 | sing voo |
| husband | 丈夫 | tsang foo |
| daughter | 女囝 | niû nön |

| | | |
|---|---|---|
| elder brother | 阿哥 | ah koo |
| aunt | 大姨 | too e |
| aunt | 娘姨 | niang e |
| nephew | 男外甥 | nay nga sang |
| niece | 外甥女 | nga sang niû |
| nephew | 阿姪 | eh dzeh |
| niece | 女姪 | tseh niû |
| cousin | 堂分 | dong vung |
| cousin | 表弟兄 | pëau de hiúng |
| cousin | 表姊妹 | pëau tse may |
| sister-in-law | 嫂嫂 | sau sau |
| aunt by marrage | 大媽 | too ma |
| wife | 娘子 | niang tz |

## 固有名詞

| | | |
|---|---|---|
| China | 中國 | tsúng kōh |
| England | 英國 | ying kōh |
| | 孔子 | k'ung tz |
| | 孔夫子 | k'úng-foo-tz |
| | 廣東 | kwong-túng |
| | 上海 | song-hay |
| | 山東 | san-túng |
| | 廣西 | kwong-se |
| | 雲南 | yûn-nay |
| | 貴州 | kway-tseu |
| | 湖南 | hoo-nay |
| | 江蘇 | kong-soo |
| | 安徽 | ön-hway |
| | 浙江 | tseh-kong |
| | 江西 | kong-se |
| | 福建 | fōk-kien |
| | 陝西 | say-se |
| | 河北 | woo-pōh |
| | 河南 | woo-nay |
| | 四川 | sz-t'say |

|  | 南京 | nay-kiung |
|---|---|---|
|  | 甘肅 | kay-sōh |
|  | 北京 | pōh kiung |
|  | 天津 | t'en t'sing |
|  | 萬里長城 | van-le-dzang -zung |
| Jesus | 耶穌 | ya-soo |

## 自然

| wind | 風 | fúng |
|---|---|---|
| rain | 雨 | yû |
| flower | 花 | hwo |
| cow | 牛 | nieu |
| sheep | 羊 | yang |
| horse | 馬 | mo |
| winter | 多（天） | túng t'en |
| autumn | 秋 | t'sëeu |
| spring | 春 | t'sung |
| summer | 夏（天） | hau t'en |
| black | 黑 | huh |
| red | 紅 | úng |
| yellow | 黃 | wong |
| white | 白 | bah |
| day | 日 | nyih |
| night | 夜 | ya |

## 方向

| on | 上 | long |
|---|---|---|
|  |  | song |
| middle | 中 | tsúng |
|  | 下 | au |
| inside | 裏 | le |

| 本 | pung |
|---|---|
| 封 | foong |

## B. Jenkins. 186 ？

### 代詞

| 我 | 'ngoo |
|---|---|
| 儂 | noong' |
| 伊 | 'e |
| 自家 | z'-ka |
| 啥 | sa |

### 男女

| 人 | niung |
|---|---|
| 朋友 | bang-'yu |
| 小囝 | siau-nön |
| 鄉下人 | hiang-'au niung |

### 親族

| 兄弟 | hioong-'de |
|---|---|
| 弟兄 | 'de hioong |
| 阿哥 | ak-koo |

### 身體

| 手 | su |
|---|---|
| 腳 | kiak |
| 眼睛 | 'ngan-tsing |

### 數量詞

| 個 | kuk |
|---|---|
| 一 | ih |
| 二 | nyi |
| 六 | lōk |
| 八 | pah |
| 件 | jen' |
| 隻 | tsak |
| 根 | kung' |

### 名詞

| 狗 | ku |
|---|---|
| 鳥 | niau' |
| 雞 | kie |
| 物事 | mæh-z' |
| 書 | su |
| 船 | zæn |
| 傘 | san' |
| 馬 | 'mo |
| 牛肉 | niu niōk |
| 羊肉 | yang niōk |
| 酒 | 'tsiu |
| 饅頭 | man-du |

### 動詞和否定

| 是 | 'z |
|---|---|
| 有 | 'yu |
| 做 | tsoo' |
| 來 | læ |
| 寫 | 'sia |
| 担拉 | tan la' |
| 勿 | fæh |

### 形容詞

| 冷 | lang |
|---|---|
| 老 | 'lau |
| 好看 | 'hau kan' |
| 煖 | 'nön |

| ten thousand | 一萬 | ih man°' |
|---|---|---|
| one million | 一百萬 | ih pak man' |

## Yate 1899

### 代詞

| I | 我 | °ngoo |
|---|---|---|
| you | 儂 | nong° |
| he,she,it | 伊 | yi |
| we | 伲 | nyi |
| you（pl.） | 倻 | na |
| they | 伊拉 | yi-la |
| what | 啥 | °sa |
| this | 第个 | °di-kuh |
| that | 伊个 | i-kuh |

### 數詞

| | 个 | kuh |
|---|---|---|
| one | 一 | ih |
| two | 二 | nyi° |
| three | 三 | san |
| four | 四 | sz° |
| five | 五 | °ng |
| six | 六 | lok |
| seven | 七 | ts'ih |
| eight | 八 | pah |
| nine | 九 | k°yeu |
| ten | 十 | zeh |
| twenty | 念 | nyan° |
| thirty | 三十 | san-seh |
| forty | 四十 | sz°-zeh |
| fifty | 五十 | ng°-zhe |
| sixty | 六十 | lok-seh |
| seventy | 七十 | ts'ih-seh |
| eighty | 八十 | pah-seh |
| ninety | 九十 | kieu zeh |
| one hundred | 一百 | ih pak |
| one thousand | 一千 | ih ts'íen |

### 量詞

| | 塊 | kw'e° |
|---|---|---|
| | 幅 | fok |
| | 扇 | sen° |
| | 乘 | dzung |
| | 頂 | °ting |
| | 位 | we° |
| | 張 | ts'ang |
| | 爿 | ban |
| | 副 | foo° |
| | 雙 | saung |
| | 尊 | ts'ung |
| | 包 | pau |
| | 棵 | k'oo |
| | 面 | mien° |
| | 堆 | te |
| | 綑 | °kw'ung |
| | 管 | °kw'en |
| | 對 | °te |
| | 口 | °k'eu |
| | 桶 | °dong |
| | 瓶 | bing |
| | 箱 | siang |
| | 封 | fong |
| | 幫 | paung |
| | 回 | we |
| | 票 | p'iau° |
| | 椿 | tsaung |
| | 層 | dzung |
| | 藏 | dzaung° |
| | 股 | °koo |
| | 間 | kan |
| | 件 | °jien |
| | 埭 | da° |

## 形容詞

| | | |
|---|---|---|
| good | 好 | °hau |
| bad | 邱 | cheu |
| cold | 冷 | °lang |
| hot | 熱 | nyih |
| short | 短 | °toen |
| long | 長 | dzang |
| old | 老 | lau |
| high | 高 | kau |
| low | 低 | ti |
| fast | 快 | kw'a° |
| slow | 慢 | an |
| early | 早 | au |
| late | 晚 | an |
| heavy | 重 | ong |
| light | 輕 | ung |
| large | 大 | doo° |
| small | 小 | °sia |
| sweet | 甜 | dien |
| bitter | 苦 | °k'oo |
| thick | 厚 | °'eu |
| thin | 薄 | bok |
| hard | 硬 | ngang° |
| soft | 軟 | °nyoen |
| good（moral） | 善 | °zen |
| wicked | 惡 | auh |
| true | 眞 | tsung |
| false | 假 | °kα |
| cheap | 強 | jαng |
| dear | 貴 | kyui' |
| level | 平 | bing |
| dark | 暗 | liang |
| poor | 窮 | jong |
| wet | 濕 | sak |
| dry | 乾 | koen |
| clear | 清 | ts'ing |

## 身體

| | | |
|---|---|---|
| hand | 手 | °seu |
| mouth | 嘴 | °tsz |

## 親族

| | | |
|---|---|---|
| | 兒子 | °eu-°tsz |

## 男女

| | | |
|---|---|---|
| man | 男人 | nen-nyung |
| woman | 女人 | °nyui-nyung |
| male child | 男団 | nen-noen |
| female child | 女団 | °nyui-noen |
| | 小姐 | °siαu °tsiα |
| | 朋友 | °bαng-°yeu |

## 固有名詞和名詞

| | | |
|---|---|---|
| | 肉 | nyok |
| | 北京 | pok-kyung |

## 自然和顏色

| | | |
|---|---|---|
| | 白 | bak |
| | 黑 | huh |
| | 綠 | lok |
| | 紅 | °ong |
| | 藍 | lan |
| | 黃 | waung |
| cow | 牛 | nyeu |
| fowl | 雞 | kyi |
| horse | 馬 | °mo |
| morning | 早晨 | °tsau°-zung |
| evening | 夜快 | ya°-kw'a° |

## 動詞和否定

| | | |
|---|---|---|
| have | 有 | vyeu |
| eat | 吃 | chuh |
| see | 看 | k'oen° |
| see | 看見 | k'oen° kyien° |
| hear | 聽 | t'ing |
| go | 去 | chi° |
| take away | 担去 | tan-- chi° |
| | 拿去 | nau- chi° |
| come | 來 | le |
| do | 做 | tsoo° |
| ask | 問 | mung° |
| speak;say | 話 | wo° |
| buy | 買 | °ma |
| sell | 賣 | ma° |
| pay | 付 | foo° |
| stand | 立 | lih |
| sit | 坐 | °zoo |
| know | 曉得 | °hyau-tuh |
| forget | 忘記 | maung°-kyi° |
| understand | 懂 | °tong |
| think | 想 | °siang |
| believe | 信 | sing° |
| | 相信 | siang- sing° |
| live | 活 | weh |
| find | 尋 | zing |
| die | 死 | °si |
| sleep | 睏 | kw'ung° |
| strike | 打 | °tang |
| kill | 殺 | sah |
| write | 寫 | °sia |
| wash | 淨 | zing° |
| bring | 帶去 | ta° chi° |
| | 帶來 | ta° le |
| take | 担 | tan |

| | | |
|---|---|---|
| fly | 飛 | fi |
| open | 開 | k'e |
| shut | 關 | kwan |
| walk | 走 | °tseu |
| run | 跑 | bau |
| lead | 牽 | chien |
| dwell | 住 | dzu° |
| dig | 坌 | bung° |
| plant | 種 | tsong° |
| move | 動 | °dong |
| give birth to | 養 | °yang |
| beg | 討 | °t'au |
| blow | 吹 | ts'z |
| learn | 學 | 'auh |
| read | 讀 | dok |
| lend | 借 | tsia° |
| wait | 等 | °tung |
| persuade | 勸 | choen° |
| burn | 燒 | sau |
| meet | 會 | we° |
| not | 勿 | 'veh |
| | 末 | meh |

## 方向

| | | |
|---|---|---|
| on | 上 | laung°（much used） |
| above | 上頭 | °zaung-deu |
| below | 下底 | °'au-°ti |
| | 下底頭 | °'au-°ti-deu |
| inside | 裡向 | °li-hyang |
| outside | 外頭 | nga°-deu |

## Jefferys 1906

### 代詞

| I | 我 | °ngoo |
|---|---|---|
| you | 儂 | noong° |
| he | 伊 | yi |
| what | 啥 | sa° |
| this | 第个 | °di-kuh |
| that | 伊个 | i-kuh |

### 數量詞

| one | 一 | ih |
|---|---|---|
| two | 二 | nyi° |
| three | 三 | san |
| | 个 | kuh |
| | 包 | pau |
| | 粒 | lih |
| | 躺 | thaung° |
| | 回 | wen |

### 動詞和否定

| to be | 是 | °z |
|---|---|---|
| have | 有 | yeu |
| come | 來 | le |
| go | 去 | chi° |
| raise | 起 | °chi |
| understand | 懂 | °toong |
| ask | 問 | mung° |
| sleep | 睏 | kwhung |
| wali | 走 | °tseu |
| say | 話 | wo° |
| see | 看 | khoen° |
| abstain | 忌 | ji° |
| open | 開 | khe |

| stand | 立 | lih |
|---|---|---|
| hear | 聽 | thing |
| sit | 坐 | °zoo |
| forget | 忘記 | maung°-kyi° |
| kill | 殺 | sah |
| | 死 | si° |
| | 動 | °doong |
| | 活 | weh |
| | 做 | tsoo° |
| not | 勿 | veh |

### 形容詞

| good | 好 | °hau |
|---|---|---|
| （still） | 舊 | jeu° |
| weak | 軟弱 | °nyoen-zak |
| cold | 冷 | °lang |
| slowly | 慢 | man° |
| right | 對 | te° |
| warm | 暖熱 | °noen-nyih |
| difficult | 難 | nan |
| many | 多 | too |
| | 快 | kwha° |
| big | 大 | doo° |
| high | 高 | kau |
| | 早 | tsau° |
| old | 老 | lau |

### 身體

| tongue | 舌頭 | zeh-deu |
|---|---|---|
| | 頭 | deu |
| | 肚 | °doo |
| | 胸 | hyoong |
| | 嘴 | °ts |
| blood | 血 | hyoeh° |
| nose | 鼻頭 | bih-deu |
| limb | 手脚 | °seu-kyak |

| back | 腰 | iau |
|---|---|---|
| eye | 眼睛 | °ngan-tsing |
| arm | 臂膊 | pi°-pok |
| thumb | 大指頭 | doo°-tsih-deu |
| foot | 腳 | kyah |
| leg | 小腿 | °siau-°the |
| stomach | 肚皮 | °doo-bi |
| lung | 肺 | fi° |
| liver | 肝 | koen |
| skin | 皮膚 | bi-foo |
| tooth | 牙齒 | nga-ts |
| ear | 耳朵 | °nyi-°too |

## 親族

| mother | 娘 | nyang |
|---|---|---|
| father | 爺 | ya |
| grandfather（father's side） | 老爹 | °lau-tia |
| grandmother（father's side） | 祖母 | °tsoo-°moo |
| grandfather（mother's side） | 外公 | nga°-koong |
| grandmother（mother's side） | 外婆 | nga°-boo |
| daughter | 女囝 | °nyui-noen° |
| | 女婿 | °nyui-si° |

## 男女

| children | 小囝 | °siau-noen |
|---|---|---|
| doctor | 先生 | sien-sang |

## 自然和顏色

| chicken | 雞 | kyi |
|---|---|---|
| | 牛 | nyeu° |
| white | 白 | bak |
| yellow | 黃 | waung |
| | 紅 | 'ong |
| color | 顏色 | ngan-suh |
| | 風 | foong |
| | 雨 | yui° |
| | 火 | °hoo |
| water | 水 | °sz |
| night | 夜 | ya |

## 方向

| | 裏 | °li |
|---|---|---|
| | 下 | °'au |
| right | 右 | yeu° |
| left | 左 | tsi° |

## 固有名詞

| | 虹口 | hoong °kheu |
|---|---|---|

## Pott 1920

### 代詞

| I | 我 | ngoo |
|---|---|---|
| we | 我伲 | °ngoo-nyi° |
| thou or you | 儂 | noong° |
| he or she | 伊 | yi |
| they | 伊拉 | yi-la° |
| this | 苐个 | di-kuh |
| that | 伊个 | i-kuh |
| what | 啥 | sa° |

### 數詞

| one | 一 | ih |
|---|---|---|
| two | 二 | nyi° |
| three | 三 | sau |
| four | 四 | °s |
| five | 五 | °ng |
| six | 六 | lok |
| seven | 七 | tshih |
| eight | 八 | pah |
| nine | 九 | kyen |
| ten | 十 | zeh |
| twenty | 廿 | nyan° |
| thirty | 三十 | san-seh |
| forty | 四十 | s°-seh |
| fifty | 五十 | °ng-seh |
| sixty | 六十 | lok-seh |
| seventy | 七十 | tshih-seh |
| eighty | 八十 | pah-seh |
| ninety | 九十 | kyen-seh |
| one hundred | 一百 | ih pak |
| one thousand | 一千 | ih tshien |
| ten thousand | 萬 | man° |

### 動詞和否定

| to be | 是 | °z |
|---|---|---|
| have | 有 | yeu |
| come | 來 | le |
| go | 去 | chi° |
| walk | 走 | vtseu |
| run | 跑 | bau |
| stand up | 立 | lih |
| sit | 坐 | °zoo |
| fly | 飛 | fi |
| see | 看 | khoen° |
| seen | 看見 | khoen°-kyien° |
| do | 做 | tsoo° |
| hear | 聽 | thing |
| ask | 問 | mung° |
| eat | 吃 | chuh |
| sleep | 睏 | khwung° |
| speak | 話 | wo° |
| live | 活 | weh |
| die | 死 | °si |
| know | 曉得 | °hyan-tuh |
| understand | 懂 | °toong |
| forget | 忘記 | maung°-kyiv |
| buy | 買 | °ma |
| sell | 賣 | mav |
| open | 開 | khe |
| shut | 關 | kwan |
| find | 尋 | zing |
| strike | 打 | °tang |
| kill | 殺 | sah |
| write | 寫 | °sia |
| wash | 凈 | zing° |
| bring here | 担來 | tan-le |
| read | 讀 | dok |
| study | 讀書 | dok-su |
| borrow | 借 | tsia° |

| wait | 等 | °tung |
|---|---|---|
| can | 會（meet） | we° |
| not | 勿 | °veh |

## 形容詞

| good | 好 | °hau |
|---|---|---|
| cold | 冷 | °lang |
| hot | 熱 | nyih |
| short | 短 | °toen |
| long | 長 | dzaug |
| old | 老 | °lau |
| fast | 快 | khwa° |
| slow | 慢 | man° |
| early | 早 | °tsau |
| late | 晏 | an° |
| heavy | 重 | °dzoong |
| light | 輕 | chung |
| large | 大 | doo° |
| small | 小 | °siau |
| sweet | 甜 | dien |
| bitter | 苦 | °khoo |
| thick | 厚 | °'eu |
| thin | 薄 | bok |
| hard | 硬 | ngang° |
| soft | 軟 | °nyoen |
| good | 善 | °zen |
| wicked | 惡 | auh |
| true | 眞 | tsung |
| FALSE | 假 | °ka |
| cheap | 強 | jaug |
| dear | 貴 | kyui° |
| level | 平 | bing |
| dark | 暗 | en° |
| poor | 窮 | joong |
| wet | 濕 | sak |
| dry | 乾 | koen |

## 身體

| body | 身體 | sung-°thi |
|---|---|---|
| skin | 皮 | bi |
| face | 面孔 | mien°-°khoong |
| eyes | 眼睛 | °ngan-tsing |
| nose | 鼻頭 | bih-deu |
| mouth | 口 | °kheu |
| head | 頭 | deu |
| tongue | 舌頭 | zeh-deu |
| ears | 耳聯 | °nyi-°too |
| hand | 手 | °seu |
| foot | 腳 | kyak |
| fingers | 指頭 | tsih-deu |

## 親族

| relative | 親眷 | tshing-kyoen° |
|---|---|---|
| father | 爺 | ya |
| mother | 娘 | nyang |
| son | 兒子 | nyi-°ts |
| brother | 弟兄 | di-hyoong |
| younger brother | 兄弟 | hyoong-°di |
| younger sister | 姊妹 | °tsi-me |
| father | 伯伯 | pak-pak |

## 男女

| man | 男人 | nen-nyung |
|---|---|---|
| woman | 女人 | °nyui-nyung |
| male child | 男囝 | nen-noen |
| female child | 女囝 | °nyui-noen |
| | 小姐 | °siɑu °tsiɑ |
| | 朋友 | °bɑng-°yeu |

## 固有名詞

| China | 中國 | tsoong-kok |
|---|---|---|
| Shanghai | 上海 | zaung-°he |
| England | 英國 | iung-kok |
| America | 美國 | °me-kok |
| France | 法國 | fah-kok |
| Japanese | 日本人 | zeh-°pung-nyung |

| north | 北 | pok |
|---|---|---|
| up | 上 | zaung |
| above, upon | | laung° |
| middle | 中 | tsóng |
| below | 下頭 | °'au-deu |
| | 下底頭 | °'au-ti-deu |
| inside | 裏向 | °li-hyang° |
| outside | 外頭 | nga-deu |
| out | 外 | nga°- |

## 自然

| wind | 風 | foong |
|---|---|---|
| rain | 雨 | °yui |
| flower | 花 | kung |
| winter | 冬 | toong |
| summer | 夏 | 'au° |
| star | 星 | ih kuh sing |
| sheep | 羊 | yang |
| sea | 海 | °he |
| pig, hog | 豬玀 | ts-loo |
| butterfly | 蝴蝶 | 'oo-dih |
| cat | 貓 | mau |
| crow | 老鴉 | °lau-au |
| cow | 牛 | nyeu |
| apple | 蘋果 | bing-°koo |
| spring | 春 | tshung |
| | 春季 | tshung-kyi° |
| autumn | 季 | tshieu |
| crow（as a cock） | 啼 | di |
| white | 白 | bak |
| red | 紅 | 'oong |

## 方向

| east | 東 | toong |
|---|---|---|
| west | 西 | si |
| south | 南 | nen |

| 盆 | bung |
|---|---|
| 個 | tsan |
| 塊 | kwhe |
| 盞 | tsan |

## Parker 1923 〔註7〕

### 代詞

| 我 | ngoo |
|---|---|
| 伲 | nyi |
| 儂 | nong |
| 伊 | yi |
| 伊拉 | yi la |
| 第个 | di kuh |

### 數詞

| 一 | ih |
|---|---|
| 兩 | liang |
| 三 | san |
| 四 | s |
| 五 | ng |
| 六 | lok |
| 七 | tshih |
| 八 | pah |
| 九 | kyeu |
| 十 | zeh |
| 一千 | ih tshien |
| 萬 | man |
| 百 | pak |

### 量詞

| 雙 | saung |
|---|---|
| 把 | po |
| 隻 | tsah |
| 杯 | pe |
| 碗 | wen |

## 動詞和否定

| 是 | z |
|---|---|
| 有 | yeu |
| 來 | le |
| 去 | chi |
| 坐 | zoo |
| 走 | tseu |
| 看 | khoen |
| 看見 | khoen-kyien |
| 曉得 | hyau-tuh |
| 明白 | ming-bah |
| 做 | tsoo |
| 尋 | zing |
| 用 | yong |
| 問 | mung |
| 聽 | thing |
| 聽見 | thing-kyien |
| 跑 | bau |
| 吃 | chuh |
| 寫 | sia |
| 話 | wo |
| 活 | weh |
| 拿 | nau |
| 講 | kaung |
| 死 | si |
| 賣 | ma |
| 開 | khe |
| 打 | tang |
| 打掃 | tang-sau |
| 殺 | sah |
| 讀 | dok |

〔註7〕書上沒有英文說明，所以本文不
　　　記錄英文解釋。

| | | |
|---|---|---|
| 讀書 | dok su | |
| 等 | tung | |
| 嘸-沒 | m-meh | |
| 勿 | veh | |

## 形容詞

| | | |
|---|---|---|
| 大 | doo | |
| 高 | kau | |
| 好 | hau | |
| 多 | too | |
| 老 | lau | |
| 涼 | liang | |
| 苦 | khoo | |
| 眞 | tsung | |
| 少 | sau | |
| 難 | nan | |
| 長 | dzang | |
| 舊 | jeu | |
| 新 | sing | |

## 身體

| | | |
|---|---|---|
| 身體 | sung-thi | |
| 眼睛 | ngan-tsing | |
| 嘴 | ts | |
| 鼻 | bih | |
| 耳 | nyi | |
| 耳朵 | nyi too | |
| 手 | seu | |
| 脚 | kyah | |

## 親族和男女

| | | |
|---|---|---|
| 小囝 | siau-noen | |
| 朋友 | bang-yeu | |
| 女人 | nyui-nyung | |
| 小伙子 | siau-hwoo-ts | |

| | | |
|---|---|---|
| 大家 | da-ka | |
| 親眷 | tshing-kyoen | |
| 夫婦 | foo-voo | |
| 媽媽 | ma-ma | |
| 爺 | ya | |
| 父母 | voo-moo | |
| 兒子 | nyi-ts | |

## 固有名詞

| | | |
|---|---|---|
| 耶穌 | ya-soo | |
| 無錫 | voo-sih | |
| 台灣 | den-wan | |
| 福建 | fok-kyien | |
| 法國 | fah-kok | |
| 巴黎 | po-li | |
| 杭州 | 'aung-tseu | |
| 上海 | zaung-he | |
| 中國人 | tsong-kok-nyung | |
| 靜安寺 | zing-one-dz | |
| 蘇州 | soo-tseu | |
| 南京 | nen-kyung | |
| 日本 | zeh-pung | |
| 江北 | kaung-pok | |
| 英國 | iung-kok | |
| 美國 | me-kok | |
| 浙江 | tsuh-kaung' | |

## 自然和顏色

| | | |
|---|---|---|
| 牛 | nyeu | |
| 風 | fong | |
| 天氣 | thien-chi | |
| 桃紅 | dau-'ong | |
| 柳綠 | lieu-lok | |
| 山 | san | |
| 蛇 | zo | |
| 春天 | tshung-thien | |

| 西瓜 | si-kwo |
|---|---|
| 貓 | mau |
| 狗 | keu |
| 馬 | mo |
| 雞 | kyi |
| 天氣 | thien-chi |
| 太陽 | tha-yang |
| 夏天 | 'au-thien |
| 顏色 | ngan-she |
| 黃 | waung |
| 藍 | lan |
| 黑 | huh |

## 方向

| 東 | tong |
|---|---|
| 西 | si |
| 下 | 'au |
| 上 | laung |
| 北 | pok |
| 南 | nen |

## 其它

| 東洋車 | tong-yang-tsho |
|---|---|
| 馬車 | mo-tsho |
| 脚踏車 | kyah-dah-tsho |
| 電車 | dien-tsho |
| 汽車 | chi tsho |
| 輞車 | thah-tsho |
| 黃包車 | waung- pau-tsho |
| 雪茄煙 | |

| 10,000 | 一萬 | ih-man（or ih-van） |
| 1,000,000 | 一百萬 | ih-pak man |

## Gilbert 1927

### 代詞

| you | 儂 | noong |
| I | 我 | ngoo |
| we | 伲 | nyi |
| you | 倻 | na |
| he | 伊 | yi |
| they | 伊拉 | yi-la |
| this | 第个 | di-kuh |
| that | 伊个 | i-kuh |
| what | 啥 | sa |

### 數詞

| 1 | 一 | ih |
| 2 | 二 | nyi |
| 2 | 兩 | liang |
| 3 | 三 | san |
| 4 | 四 | s |
| 5 | 五 | ng |
| 6 | 六 | lok |
| 7 | 七 | tshih |
| 8 | 八 | pah |
| 9 | 九 | kyeu |
| 10 | 十 | zeh |
| 20 | 念 | nyan |
| 30 | 三十 | san-she |
| 40 | 四十 | s-she |
| 50 | 五十 | ng-she |
| 60 | 六十 | lok-she |
| 70 | 七十 | tshih-she |
| 80 | 八十 | pah-she |
| 90 | 九十 | kyeu-she |
| 100 | 一百 | ih-pak |
| 1,000 | 一千 | ih-tshien |

### 量詞

| 个 | kuh |
| 杯 | pe |
| 隻 | tsak |
| 把 | po |
| 條 | diau |
| 根 | kung |
| 本 | pung |
| 部 | boo |
| 座 | zoo |
| 匹 | phih |
| 塊 | khwe |
| 幅 | fok |
| 扇 | sen |
| 乘 | dzung |
| 頂 | ting |
| 位 | we |
| 張 | tsang |
| 爿 | ban |
| 副 | foo |
| 雙 | saung |
| 尊 | tsung |
| 包 | pau |
| 棵 | khoo |
| 面 | mien |
| 堆 | te |
| 綑 | khwung |
| 管 | kwen |
| 對 | te |
| 口 | kheu |
| 桶 | doong |
| 瓶 | bing |

| | 箱 | siang |
|---|---|---|
| | 封 | foong |
| | 幫 | paung |
| | 回 | we |
| | 票 | phieu |
| | 樁 | tsaung |
| | 層 | dzung |
| | 藏 | dzaung |
| | 股 | koo |
| | 間 | kan |
| | 件 | jien |
| | 堁 | da |

## 動詞和否定

| do | 做 | tsoo |
|---|---|---|
| thank | 謝 | zia |
| meet | 會 | we |
| walk | 走 | tseu |
| come | 來 | le |
| eat | 吃 | chuh |
| go | 去 | chi |
| | 跑 | bau |
| move | 動 | doong |
| stop | 停 | ding |
| cook | 燒 | sau |
| know | 曉得 | hyau-tuh |
| | 認得 | nyung-tuh |
| buy | 買 | ma |
| sell | 賣 | ma |
| say | 話 | wo |
| blow away | 吹脫 | ths-theh |
| roll up | 打起來 | tang-chi-le |
| use | 用 | yoong |
| listen | 聽 | thing |
| shut | 關 | kwan |
| open | 開 | khe |

| wash | 淨 | zing |
|---|---|---|
| find | 尋著 | zing-dzak |
| study | 讀 | dok |
| learn | 學 | 'auh |
| leave | 離開 | li-khe |
| | 停 | ding |
| not | 勿 | 'veh |

## 形容詞

| good | 好 | hau |
|---|---|---|
| cold | 冷 | lang |
| warm | 暖熱 | noen nyih |
| much | 多 | too |
| big | 大 | doo |
| hot | 熟 | nyih |
| dry | 旱 | 'oen |
| quick | 快 | khwa |
| late | 慢 | man |
| old | 舊 | jeu |
| clean | 乾淨 | koen-zing |
| few | 少 | sau |
| long | 長 | dzang |
| short | 短 | toen |
| low | 底 | ti |
| broad | 闊 | khweh |
| narrow | 窄 | 'ah |

## 親族

| parents | 爺娘 | ya-nyang |
|---|---|---|
| son | 兒子 | nyi-ts |
| daughter | 囡 | noen |
| father | 爺 | ya |
| mother | 娘 | nyang |
| husband | 丈夫 | dzang-foo |
| wife | 娘子 | nyang-ts |
| relative | 親眷 | tshing-kyoen |

## 男女

| children | 小囝 | siau-noen |
|---|---|---|
| friend | 朋友 | bang-yeu |
| sir | 先生 | sien-sang |
| man | 人 | nyung |
| woman | 女人 | nyui-nyung |

## 固有名詞

| John | 約翰 | iak-oen |
|---|---|---|
| Shanghai | 上海 | zaung-he |
| Englishman | 英國人 | Iung-kok nyung |
| Amercan | 美國人（花旗人） | Me-kok nyung（Hwo-ji nyung） |
| German | 德國人 | Tuh-kok nyung |
| Frenchman | 法國人 | Fah-kok nyung |
| China | 中國 | Tsoong-kok |
| Soochow | 蘇州 | Soo-tseu |
| the Great lake | 太湖 | Tha-'oo |
| Hangchow | 杭州 | 'Aung-tseu |
| Ningpo | 甯波 | nyung-poo |
| Hongkew | 虹口 | 'Oong-kheu |
| Pootung | 浦東 | Phoo-toong |

## 自然和顏色

| weather | 天氣 | thien-chi' |
|---|---|---|
| rain | 雨 | yui |
| wind | 風 | foong |
| summer | 夏天 | 'au-thien |
| water | 水 | s |
| | 牛 | nyeu |
| | 豬 | ts |
| chicken | 雞 | kyi |
| horse | 馬 | mo |
| black | 黑 | huk |

| white | 白 | bak |
|---|---|---|
| red | 紅 | 'oong |
| green | 綠 | lok |
| blue | 藍 | lan |
| yellow | 黃 | waung |
| colour | 顏色 | ngan-suh |

## 方向

| east | 東 | toong |
|---|---|---|
| west | 西 | si |
| north | 北 | pok |
| south | 南 | nen |
| above | 上頭 | zaung-deu |
| below | 下頭 | 'au-deu |
| inside | 裡向 | li-hyang |
| right | 右邊 | yeu-pien |
| left | 左邊 | tsi-pien |

## 其它

| ricksha | 東洋車 | toong-yang-tsho |
|---|---|---|
| outer circle car | 滬寧車 | 'oo-nyung-tshoo |
| Chinese customs | 新關 | sing-kwan |
| Palace hotel | 匯中 | we-tsoong |

## Ho & Foe 1940

### 代詞

| I | 我 | ngoo |
|---|---|---|
| we | 我倪 | 'ngoo nyi' |
| | 倪 | nyi' |
| you | 儂 | noong' |
| you（pl.） | 㑚 | na' |
| he | 伊 | yi |
| they | 伊拉 | yi-la° |
| this | 第箇 | di-kuh |
| that | 伊箇 | i-kuh |
| what | 啥 | sa' |

### 數詞

| one | 一 | ih |
|---|---|---|
| two | 二 | nyi' |
| two | 兩 | 'liang |
| three | 三 | san |
| four | 四 | s' |
| five | 五 | 'ng |
| six | 六 | lok |
| seven | 七 | tshih |
| eight | 八 | pah |
| nine | 九 | kyeu |
| ten | 十 | zeh |
| twenty | 廿 | nyan |

### 量詞

| | 個 | kuh |
|---|---|---|
| | 箇 | kuh |
| | 隻 | tsak |
| | 把 | po |
| | 間 | kan |

| | 條 | diau |
|---|---|---|
| | 根 | kung |
| | 部 | boo |
| | 座 | zoo |
| | 匹 | phih |

### 動詞和否定

| be | 是 | z' |
|---|---|---|
| there is,there are | 有 | 'yeu |
| have on | 戴 | ta' |
| come | 來 | le |
| go | 去 | chi' |
| please | 請 | 'tshing |
| bring | 拿撥 | nau peh |
| choose | 揀 | keh |
| go to bed | 睏覺 | khwung' kyau' |
| take a walk | 踱白相 | dok beh siang |
| stop | 停 | ding |
| come down | 減 | keh |
| sit | 坐 | 'zoo |
| begin | 起頭 | 'chi deu |
| see | 看 | khoen' |
| see | 看見 | khoen kyien' |
| do | 做 | tsoo' |
| speak | 講 | 'kaung |
| read | 讀書 | dok su |
| remember | 記得 | kyi' tuh |
| know | 曉得 | 'hyau-tuh |
| know | 認得 | nyung' tuh |
| understand | 懂 | 'toong |
| write | 寫字 | 'sia z' |
| learn | 學 | ''auh |
| teach | 教 | kau' |
| like | 歡喜 | hwen 'hyi |
| wash | 淨 | zing° |

| bring here | 擔來 | tan-le |
|---|---|---|
| read | 讀 | dok |
| study | 讀書 | dok-su |
| buy | 買 | 'ma |
| sold | 賣 | 'ma |
| jump up | 張 | tsang' |
| beat | 打 | tang |
| not | 勿 | °veh |

## 形容詞

| well | 好 | 'hau |
|---|---|---|
| hot | 熱 | nyih |
| cold | 冷 | 'lang |
| far | 遠 | yoen |
| old | 老 | 'lau |
| easy | 容易 | yoong yi' |
| long | 長遠 | dzang yoen |
| slow | 慢 | man' |
| high | 貴 | kyui' |
| quickly | 快 | khwa' |
| over | 多 | too |
| | 舊 | 'jeu |

## 身體

| body | 身 | sung |
|---|---|---|
| head | 頭 | deu |
| foot | 腳 | kyak |
| mouth | 嘴 | 'ts |
| hair | 頭髮 | deu fah |
| eye | 眼睛 | 'ngan tsing |
| nose | 鼻頭 | bih deu |
| eyebrow | 眉毛 | 'mi mau |
| ear | 耳朵 | 'nyi 'too |
| hand | 手 | 'seu |
| face | 面孔 | mien' 'khoong |

## 親族

| father | 爺 | ya |
|---|---|---|
| mother | 娘 | nyang |
| brother | 弟兄 | 'di hyoong |
| only son | 獨養兒子 | dok 'yang nyi 'ts |

## 男女

| sir | 先生 | sien sang |
|---|---|---|
| child | 小囝 | 'siau noen |

## 自然和顏色

| rain | 雨 | 'yui |
|---|---|---|
| sun | 日頭 | nyih deu |
| moon | 月亮 | nyeoh |
| fire | 火 | hoo |
| water | 水 | s |
| weather | 天氣 | thien chi' |
| day | 日 | nyih |
| evening | 夜快 | ya' khwa' |
| night | 夜 | ya' |
| season | 季 | kyi |
| spring | 春 | tshung |
| summer | 夏 | 'au' |
| autumn | 秋 | tshieu |
| winter | 冬 | toong |
| sky | 天 | thien |
| blue | 藍 | lan |
| yellow | 黃 | waung |
| white | 白 | bak |
| fish | 魚 | ng |
| cow | 牛 | nyeu |
| red | 紅 | 'oong |
| black | 黑 | huh |
| cloud | 雲 | yoen |

## 固有名詞

| | | |
|---|---|---|
| | 中國人 | tsoong' kok nyung |
| | 虹口 | 'oong 'kheu |
| John | 約翰 | iak yoen |
| | 上海 | 'zaung 'he |
| | 南京 | nen kyung |
| | 天津 | thien 'tsing |

## 方向

| | | |
|---|---|---|
| up | 上 | 'zaung |
| below | 下頭 | °'au-deu |
| | 下底頭 | °'au-ti-deu |
| in | 裏 | 'li |
| inside | 裏向 | 'li hyang' |
| outside | 外頭 | nga-deu |

## 新詞

| | | |
|---|---|---|
| cinema | 影戲館 | iung 'hyi kwen |
| dancing hall | 跳舞場 | thiau 'oo dzang |
| restaurant | 菜館 | tshe' kwen |
| advertisement | 廣告 | 'kwaung kau' |
| Shun-Pao | 申報 | sun 'pau |
| tramcar | 電車 | dien' tsho |
| rickshaw | 黃包車 | waung pau tsho |
| cigar | 雪茄煙 | sih ka ion |

## Bourgeois 1941

### 代詞

| | | |
|---|---|---|
| | 我 | ngou |
| | 儂 | nong |
| | 伊 | i |
| | 伲 / 我伲 | gni/ngou-gni |
| | 俉 | na |
| | 伊拉 | i-la |
| | 第 | di |
| | 箇 | kou |
| | 啥 | sa |

### 數詞

| | | |
|---|---|---|
| | 一 | ih |
| | 二 | gni |
| | 兩 | liang |
| | 三 | sè |
| | 四 | se |
| | 五 | n |
| | 六 | lôh |
| | 八 | pèh |
| | 九 | kieû |
| | 十 | zéh |
| | 一千 | ih-ts'ié |
| | 萬 | mè |
| | 百 | pah |

### 量詞

| | | |
|---|---|---|
| | 段 | deu |
| | 方 | faong |
| | 間 | kè |
| | 口 | k'eû |
| | 句 | kiu |

| | | |
|---|---|---|
| | 塊 | k'oei |
| | 綑 | k'oen |
| | 棵 | k'ou |
| | 粒 | lih |
| | 包 | pao |
| | 篇 | p'ié |
| | 疋 | p'ieh |
| | 把 | pouo |
| | 端 | teu |
| | 點 | tié |
| | 張 | tsang |
| | 尊 | tsen |
| | 節 | tsih |
| | 陳 | zen |
| | 層 | zeng |
| | 排 | ba |
| | 埭 | da |
| | 副 | fou |
| | 臺 | ghiun |
| | 行 | haong |
| | 堆 | tei |
| | 對 | tei |
| | 隊 | dei |
| | 套 | t'ao |
| | 一串 | in ts'é |

### 動詞和否定

| | | |
|---|---|---|
| | 是 | ze |
| | 來 | lai |
| | 去 | k'i |
| | 跑 | bao |
| | 停 | ding |
| | 發 | fèh |
| | 飛 | fi |
| | 講 | gnang |
| | 學 | hoh |

| | | |
|---|---|---|
| 看見 | k'eu-kié | |
| 看 | k'eu | |
| 吃 | k'ieh | |
| 哭 | k'ōh | |
| 立 | lih | |
| 死 | si | |
| 待 | dai | |
| 動 | dong | |
| 放 | faong | |
| 分 | fen | |
| 求 | ghieû | |
| 念 | gnè | |
| 行 | hang | |
| 落 | loh | |
| 賣／買 | ma/ma | |
| 問 | men, ven | |
| 燒 | sao | |
| 收 | seû | |
| 寫 | sia | |
| 想 | siang | |
| 修 | sieû | |
| 等 | teng | |
| 聽 | t'ing | |
| 借 | tsia | |
| 請 | ts'ing | |
| 做 | tsou | |
| 話 | wo | |
| 笑 | siao | |
| 登 | teng | |
| 懂 | tong | |
| 走 | tseû | |
| 開 | k'ai | |
| 進 | tsin | |
| 種 | tsong | |
| 活 | wéh | |
| 造 | zao | |

| | | |
|---|---|---|
| 謝 | zia | |
| 淨 | zing | |
| 起 | k'i | |
| 強迫 | ghiang-p'euh | |
| 勿 | véh | |

## 形容詞

| | | |
|---|---|---|
| 遠 | yeu | |
| 近 | ghien | |
| 早 | tsao | |
| 大 | da | |
| 多 | tou | |
| 少 | sao | |
| 軟弱 | gneu-zah | |
| 忙 | maong | |

## 身體

| | | |
|---|---|---|
| 身體 | sen-t'i | |
| 面孔 | mié-k'ong | |
| 血 | hieuh | |
| 手 | seû | |
| 頭 | deû | |
| 腳 | kiah | |

## 親族

| | | |
|---|---|---|
| 兄弟 | hiong-di | |
| 女婿 | gnu-si | |
| 爺 | ya | |

## 男女

| | | |
|---|---|---|
| 人 | gnen | |
| 小姐 | siao-tsia | |
| 先生 | sié-sang | |

## 自然和顏色

| | |
|---|---|
| 天 | t'ié |
| 海 | h'ai |
| 山 | sè |
| 月 | yeuh |
| 紅 | hong |
| 水 | se |
| 黃 | waong |
| 花 | h'ouo |
| 風 | fong |
| 天氣 | t'ié-k'i |
| 火 | h'ou |
| 白 | bah |
| 黑 | h'eh |

## 方向

| | |
|---|---|
| 上 | zaong |
| 下 | hao |
| 裏 | li |
| 外 | nga |
| 當中 | taong-tsong |
| 右面 | yeù-mié |
| 左面 | tsi-mié |
| 東方 | tong-faong |
| 西 | si |

# 參考文獻

## 原始資料

1. Summers,James. Gospel of Saint John in the Chinese language, according to the Dialect of Shanghai, expressed in the Roman Alphabetic Character. With an explanatory Introduction and Vocabulary, London:W.M.Watts.1853.

2. Edkins, Joseph. A Grammar of Colloquial Chinese as exhibited in the Shanghai Dialect, Shanghai: Presbyterian Mission Press.1853

3. Macgowan, John. A Collection of Phrases in the Shanghai dialect.Systematically Arranged, Shanghai: Presbyterian Mission Press.1862

4. Edkins, Joseph. A Vocabulary of the Shanghai dialect, Shanghai: Presbyterian Mission press.1869

5. Jenkins, Benjamin.Lessons in the Shanghai Dialect from Ollendorff system 一部分，加州東亞圖書館收藏本.186?

6. Yates, Matthew. First Lessions in Chinese（revised and corrected）, Shanghai: American Presbyterian Mission press.1899

7. Silsby, Alfred, Shanghai Syllabary arranged Phonetic Order, Shanghai: American Presbyterian Mission Press.1900

8. Jeffery, W.H.. Hospital dialogue in Shanghai Thoobak, Shanghai: American Presbyterian Mission Press.1906

9. Silsby, Alfred. Complete Shanghai Syllabary, Shanghai American Presbyterian Mission press.1907.

10. Pott, Hawks.Lessons in the Shanghai Dialect（revised edition）, Shanghai:American

Presbyterian Mission press.1920

11. Parker,R.A. Lessons in the Shanghai Dialect in Romanized and Character with Key to Pronunciation, Shanghai:KwangHsueh Publishing House.1923

12. Mcintosh, Gilbert. Useful Phrases in the Shanghai Dialect with Index-Vocabulary and other helps, Shanghai:Presbyterian Mission press.1927.

13. Ho,George&Foe, Charles, Shanghai dialect in 4weeks with map of Shanghai, Shanghai:Chiming Book Co.LTD.1940

14. Bourgeois,Albert. Grammaire du Dialecte de Changhai 一部分，Imprìmerìe de T'ou-sè-wè.1941.

## 中文論文

1. 袁家驊等，漢語方言概要（第二版）[M]，語文出版社，2001。

2. 北京大學中國語言文學系語言學研究室編，漢語方音字彙（第二版）[M]，語文出版社，1989。

3. 北京大學中國語言文學系語言學研究室編，漢語方言詞彙[M]，語文出版社，1995。

4. 陳立中，漢語方言聲調送氣分化現象初探[J]，漢語學報，2005（04）：31～39。

5. 陳忠敏，上海市區話舒聲陽調類合併的原因[J]，方言，2007（04）：305～310。

6. 陳忠敏，上海市區話語音一百多年來的演變[M]，上海：上海教育出版社，1995。

7. 陳忠敏，上海地區方言的分區及其歷史人文背景[J]，復旦學報（社會科學版），1992（04）：101～108。

8. 丁邦新，吳語聲調之研究，丁邦新語言學論文集[M]，商務印書館，1998。

9. 董同龢，漢語音韻學[M]，文史哲出版社，1968。

10. 董少文，語音常識（增訂版）[M]，上海教育出版社，1988。

11. 耿振生，明清等韻學通論[M]，語文出版社，1990。

12. 郭紅，《上海土音字寫法》與高第丕的方言拼音體系[J]，香港：語文建設通訊，2009（93）：32～41。

13. 顧欽，語言接觸對上海市區方言語音演變的影響[D]，上海師範大學博士學位論文，2007。

14. 胡明揚，上海話一白年來的若干變化[A]（胡明揚語言學論文集[C]，原作於1967年，商務印書館），2003。

15. 李榮，漢語方言的分區[J]，方言，1989（04）：241～259。

16. 李榮主編，許寶華、陶寰編纂，上海方言詞典[M]，江蘇教育出版社，1997。

17. 李如龍，漢語方言學[M]，高等教育出版社，2001。

18. 李業明主編，上海口語詞典[M]，上海交通大學出版社，2003。

19. 劉民鋼，上海話語音簡史[M]，學林出版社，2004。

20. 羅常培，漢語音韻學導論[M]，里仁書局，1980。

21. 潘悟雲，語言接觸與漢語南方方言的形成（東方語言學網站），2005。

22. 濮之珍，中國語言學史[M]，書林出版有限公司，1990。

23. 馮蒸，與滿漢對音——《圓音正考》及其相關許問題[A]，漢語音韻學音韻學論文集[C]，首都師範大學出版社，1997。

24. 侯精一主編，現代漢語方言概論[M]，上海教育出版社，2002。

25. 黃靈燕，傳教士羅馬字記音反映的官話音-k 尾[J]，語言研究，2009（29-1）：6～15。

26. 姜恩枝，新派上海話的社會地位研究——以上海人和上海生活者對象爲例[R]，第6屆國際吳語學術研討會報告，2010。

27. 姜恩枝，James Summers（1853）的近代上海方言著作評述[A]，中國方言中的語言學與文化意蘊[C]，首爾：韓國文化社，2011：322～325。

28. 姜恩枝，通過語言接觸所產生的語言變化的因素——以上海方言的語音演變爲中心 [A]，現代漢語的歷史研究[C]，浙江大學出版社，2015：44～51。

29. 錢乃榮，上海方言[M]，文匯出版社，2007。

30. 錢乃榮，上海話在北部吳語分區中的地位問題[J]，方言，2006，（03）：272～277。

31. 錢乃榮，英國傳教士J，Edkins 在吳語語言學上的重要貢獻——《上海方言口語語法》評述[A]，語言研究集刊第三輯[C]，上海：上海辭書出版社，2006：13～44。

32. 錢乃榮，上海語言發展史[M]，上海：人民出版社，2003。

33. 錢乃榮，滬語盤點[M]，上海文化出版社，2002。

34. 錢乃榮，當代吳語研究[M]，上海教育出版社，1992。

35. 秦雯，上海地區口語中普通話與上海話之間的語碼轉換現象[D]，華東師範大學，2007。

36. 瞿靄堂，語音演變的理論和類型[J]，語言研究，2004（02）：1～13。

37. 阮恒輝，揚州腔上海話的語音特徵[J]，吳語論叢，1988，172～174。

38. 上海市統計局 www.stats-sh.gov.cn/[OL]

39. 沈同，上海話老派新派的差別[J]，方言，1981（04）：275～283。

40. 沈同，上海話裏的一些異讀現象[A]，吳語論叢[C]，上海教育出版社，1988：132～139。

41. 史皓圓、顧黔、石汝傑，漢語方言詞彙調查手冊[M]，中華書局，2006。

42. 沉鐘偉，音變的有向無序性——試揭有規律音變之謎[A]，東方語言與文化[C]，東方出版中心，2002：31～58。

43. 石汝傑、劉丹青，《當代吳語研究》評述[J]，語言研究，1995（01）：196～200。

44. 石汝傑，明清吳語和現代方言研究[M]，上海辭書出版社，2006。

45. 湯珍珠、游汝傑、陳忠敏，寧波方言（老派）的單字調和兩字組變調，語言研究，1990（1）：106～117。

46. 湯志祥，上海方音內部差異的歷史變化[J]，吳語研究，1994：363～381。

47. 唐作藩，音韻學教程（第三版）[M]，北京大學出版社，2002。

48. 王士元，語言的變異及語言的關係[A]，劉娟、石峰譯，王士元語言學論文集[C]，商務印書館，2002：1～40。

49. 王士元，競爭性音變是殘留的原因[A]，石峰、廖榮蓉譯，王士元語言學論文集[C]，商務印書館，2002：88～115。

50. 王士元，詞源統計分析法、詞彙統計學和其它數理統計方法[A]，陳保亞、周政後譯，王士元語言學論文集[C]，商務印書館，2002：262～279。

51. 王士元、沉鐘偉，競爭性音變是殘留的原因[A]，王士元語言學論文集[C]，商務印書館，2002：196～224。

52. 王力，語言學詞典[M]，山東教育出版社，1995。

53. 王力，漢語史稿[M]，中華書局，1980。

54. 王力，漢語語音史[M]，中國社會科學出版社，1985。

55. 江平，上海普通話初探[J]，語言研究，1990（01）：51～66。

56. 邵筱芳，清末民初入華新教傳教士《聖經》漢譯之翻譯語言和書寫系統研究[D]，香港大學博士學位論文，2010。

57. 許寶華、湯珍珠，上海方言內部差異[J]，復旦大學學報，1962（01）：87～94。

58. 許寶華、湯珍珠等，上海市區方言志[M]，上海教育出版社，1988。

59. 許寶華、游汝傑，方志所見上海方言初探[A]，吳語論叢[C]，1988：184～192。

60. 許寶華、湯珍珠、湯志祥，上海人祖孫二代語音情況抽樣調查[A]，吳語論叢[C]，1988：120～131。

61. 許寶華、湯珍珠、陳忠敏，上海地區方言的分片[J]，方言，1993（01）：14～30。

62. 徐奕，晏瑪太《中西譯語妙法》所反映的 19 世紀上海話語音[A]，吳語研究（第五屆國際吳方言學術研討會論文集）[C]，上海教育出版社，2010：89～96。

63. 徐雲揚，上海話元音清化的研究[J]，當代語言學，1990（03）：19～34。

64. 徐通鏘，歷史語言學[M]，商務印書館，2008。

65. 尤敦明，方言向普通話靠攏一例一談上海話入聲字的讀音變化[J]，上海師範大學學報哲學社會科學版，1988（03）：45～48。

66. 楊亦鳴，王爲民，《圓音正考》與《音韻逢源》所記尖團音分合之比較研究[R]，中國音韻學研究會第十二屆學術討論會暨漢語音韻學第七屆國際學術研討會報告提要，2002。

67. 楊劍橋，漢語音韻學講義[M]，上海：復旦大學出版社，2005。

68. 游汝傑，上海郊區語音近 30 年來的變化[J]，方言，2010（3）：194～200。

69. 游汝傑，上海話在吳語分區上的地位——兼論上海話的混合方言性質[J]，方言，2006（01）：72～78。

70. 游汝傑，西洋傳教士漢語方言學著作書目考述[M]，哈爾濱：黑龍江教育出版社，2002。

71. 游汝傑，漢語方言學導論（修訂本）[M]，上海教育出版社，2000。

72. 游汝傑，上海話音檔——再版[M]，上海教育出版社，1998。

73. 游汝傑，西洋傳教士著作所見上海話的塞音韻尾[J]，中國語文，1998（2）：108～112。

74. 游汝傑，蘇南和上海吳語的內部差異[J]，方言，1984（1）：3～12。

75. 薛才德，漢藏語言研究[M]，復旦大學出版社，2007。

76. 趙元任，現代吳語的研究——附調查表格（1928年的改正版）[M]，北京：科學出版社，1956。

77. 張洪明，新派上海市區方言連讀音變中的濁音聲母清化[A]，吳語論叢[C]，上海教育出版社，1988：140～153。

78. 張偉等編著，老上海地圖[M]，上海畫報出版社，2003

79. 鄭張尚芳，漢語介音的來源分析[J]，語言研究，1996（35）。

80. 周同春，十九世紀的上海語音[A]，吳語論叢[C]，上海教育出版社，1988：184～192。

81. 朱曉農，語音學[M]，北京：商務印書館，2010。

82. 朱曉農，漢語元音的高頂出位[J]，中國語文，2004（5）：440～451。

83. 朱曉農，上海音系[J]，國外語言學，1996（2）：29～37。

## 日文論文

1. 藤堂明保，中國語音韻論[M]，江南書院，1957。

2. 藤堂明保，ki-と tsi-の混同は 18 世紀に始まる[J]，中國語學，1960（94）：1～3，12。

3. 遠藤光曉，漢語方言論稿[M]，好文出版，2001。

4. 何群雄，初期入華キリスト教宣教師にかかわる中国語教育と研究の事情について[J]，一橋論叢，2000（124）：257～275。

5. 何群雄，中国語文法学事始——馬氏文通に至るまでの華宣教師の著書を中心しに[M]，三元社，2000。

6. 河野六郎，中國音韻史の一方向，河野六郎著作集 2[M]，平凡社，1979

7. 中村雅之，エドキンズの漢語音韻史研究[J]，KOTONOHA，2006（47）：1～2。

7. 重久篤太郎，日本近世英學史[M]，教育図書，1941。

9. 中川かずこ，ジェームス・サマーズ：日本研究者，教育者としての再評価[J]，北海学園大学人文論集，2008（41）：95～122。

10. 南部まき，Edkins の官話文法における文法事項について[J]，関西大学中国文学会紀要，2005（26）：137～154。

## 英文論文

1. Appel, René, and Pieter Muysken. *Language, Contact and Bilingualism*[M]. Amsterdam University Press, 2006.

2. Ballard, W.L., *Alexander. Memorials of Protestant missionaries to the Chinese giving a List of their Publications, and Obituary Notices of the Deceased. with copious Indexes*[M], Shanghae: American Presbyterian Mission press. 1899.

3. Bloomfield, Leonard, Language(Fourteenth Impression)[M], George Allen & Uniwn LTD, 1979.

4. Branner P. David, Notes on the beginnings of systematic dialect description and comparison in Chinese[J], *Historiographia Linguistica,* John Benjamins Publishing Co., 1997(24-3): 235~266.

5. Broomhall, Marshall, *The Bible in China*[M]. San Francisco: Chinese Materials Center, INC., 1977.

6. Bynon, Theodora *Studies. Historical Linguistics,* Cambridge: Cambridge University Press, 1977.

7. Chao, Yuen Ren. *in the modern Wu-dialects*[M], Tsing-hua University. 1928.

8. Chao, Yuen Ren, Yang Lien Sheng, *A grammar of spoken Chinese*[M], University of California Press, 1968.

9. Duanmu, San, *The Phonology of Standard Chinese*[M], Oxford Univ. Press, 2000.

10. Fasold, Ralph, *The sociolinguistics of language*[M], Wiley-Blackwell, 1990.

11. Forrest, R.A.D., *The Chinese Language*[D], London Univ. M. A. dissertation, 1968.

12. Francis, W. N., *Dialectology —An Introduction—*[M], Longman, 1983.

13. Hartman, Lawton M.. Segmental phonemes of the Peiping dialect[J], *Language,* 1944(20):28~42.

14. Jeffers, R. J. and Ilse Lehiste, *Principles and methods for historical linguistics*[M], Cambridge: MIT Press, 1979.

15. Ladefoged, Peter. *A Course in Phonetics*(Fourth Edition) [M], Harcourt College Publishers, 2001.

16. Lodwick, Kathleen L., *The Chinese recorder index: a guide to Christian missions in Asia 1867-1941*[M] , SHA Shanghai Missionary Association.

17. Martin, Samuel E.. Problems of hierarchy and interminacy in Mandarin phonology[J], *Bulletin of the Institute of History and Philology* 29, 1957.

18. Norman, Jerry.*Chinese*[M], Cambridge University Press, 1988.

19. Raymond Hickey edited. *The Handbook of Language Contact*[M], Blackwell Publishing Ltd. 2010.

20. Sapir, E. Sound Patterns in Language[J], *Language* 1, 1925.

21. Sherard, Michael, *Shanghai Phonology*[D], NewYork: Cornell Univ PhD. dissertation., 1972.

22. Tiedemann, R. G., *Handbook of Christianity in China, Vol. 2: 1800-Present from International Bulletin of Missionary Research*[M], Brill, 2009.

23. Trask, R. L., *Historical Linguistics*[M], Arnold, 1996.

24. Trudgill, Peter, *Sociolinguistics*[M], New York: Penguin, 1974.

25. Trudgill, Peter, *Sociolinguistic Variation and Change*[M], Georgetown University Press, 2002.

26. Wylie, Alexander. *Memorials of Protestant missionaries to the Chinese giving a List of their Publications, and Obituary Notices of the Deceased. with copious Indexes*[M], Shanghae: American Presbyterian Mission press, 1899

27. Zhou, Minglang, Language policy and illiteracy in ethnic minority communities in China[J], *Journal of Multilingual and Multicultural development*, 2000(21): 129-148.

## 韓文論文

1. 姜信沆，朝鮮時代資料로 본 近代漢語音韻史槪觀[J]，人文社會系（成均館大學校論文集），1980（28）：1～16。

2. 강신항，한국의 운서[M]，태학사，2000。

3. 姜恩枝，한어의 구개음화 현상 연구[D]，서울대학교 석사학위 논문，2002。

4. 강은지，1940년에 출판된 《Shanghai dialect in 4 weeks: with map of Shanghai》에 나타난 상해방언의 음운 변화，중국인문과학，2014（56）：171-183。

5. 강은지, 근대시기 교과서에 나타난 19세기 상해방언의 특징 연구-Jenkins（186?）의 문헌적 성격과 언어학적 특징을 중심으로 중국인문과학，2015（60）：105～122。

6. 郭忠求，口蓋音化規則的發生과 擴散[J]，震檀學報，2001（92）：237～268。

7. 김방한，역사비교언어학[M]，서울：민음사，1988。

8. 김정우，음운변화와 변별 자질 체계 -구개음화와 관련된 자음 체계의 변화를 중심으로-[J]，배달말，2001（29）：31～52。

9. 김주원，국어의 방언 분화와 발달[J]，韓國文化思想大系，嶺南大學校民族文化研究所，2000（1）：151～185。

10. 김훈호，五方元音연구[D]，전남대학교 석사학위논문，1986。

11. 박윤하，서양 선교사의 중국방언연구에 대한 소고[J]，중국언어연구，1997（5）：99～116。

12. 朴允河，上海方言 중 尖音과 團音의 변화[J]，中國學報，2002（46）：15～28。

13. 愼鏞權，朝鮮漢學書에 나타난 漢語 구개음화 현상에 대하여[J]. 중국 언어 연구，2003（16）：225～245。

14. 嚴翼相（2000），漢字音口蓋音化의 語彙擴散的變化[J]，中國學報，2000（41）：197-231。

15. 嚴翼相外譯，표준중국어음운론（원본：Duanmu, San（2000），The phonology of Standard Chinese）[M]，한국문화사，2003。

16. 李在敦，中國語音韻學[M]，살림，1994。

17. 李翊燮，方言學（第七版）[M]，民音社，1992。

18. 이현복，심소희 편역，중국어음성학（원본：林燾，王理嘉（1991），語音學教程）[M]，교육과학사，1999。